阅读天津
HOW TO READ TIANJIN

罗澍伟 主编

津渡
FERRY CROSSING

沽水升乡愁

黄桂元——编著

天津出版传媒集团
百花文艺出版社

图书在版编目（CIP）数据

沽水升乡愁 / 黄桂元编著 . -- 天津 : 百花文艺出版社 , 2022.10
（阅读天津 · 津渡 / 罗澍伟主编）
ISBN 978-7-5306-8369-9

Ⅰ . ①沽… Ⅱ . ①黄… Ⅲ . ①随笔 - 作品集 - 中国 - 当代 Ⅳ . ① I267.1

中国版本图书馆 CIP 数据核字 (2022) 第 159587 号

沽水升乡愁
GUSHUI SHENG XIANGCHOU

出　　版　百花文艺出版社
出 版 人　薛印胜
地　　址　天津市和平区西康路 35 号
邮购电话　（022）23332478

策　　划　纪秀荣　任　洁　汪惠仁　刘　洁
责任编辑　刘　洁
特约编辑　朱茹霞
装帧设计　世纪座标　明轩文化
美术编辑　郭亚非　汤　磊

印　　刷　天津海顺印业包装有限公司
经　　销　新华书店
开　　本　787 毫米 ×1092 毫米　1/32
印　　张　6
字　　数　70 千字
版次印次　2022 年 10 月第 1 版　2022 年 10 月第 1 次印刷
定　　价　38.00 元

阅读天津·津渡

HOW TO READ TIANJIN

FERRY CROSSING

主编的话

罗澍伟

乘着凉爽的秋风，“阅读天津”系列口袋书第一辑“津渡”，翩然而至，饱含播种的艰辛和收获的喜悦。

天津，是国家历史文化名城，是一座因河而生、因海而长的城市。河与海，丰富了这座城市的历史与生命，让她既传统又时尚，既守正又包容，既质朴又浪漫，多元文化在这里相遇。一年四季，这座城市总是仪态万方、光华夺目，散发着永恒的人文魅力。

“津渡”，以上吞九水、中连百沽、下抵渤海的海河为蹊径，深情凝视这座城市的岁月过往，又经由现代价值的过滤，带领读者重返时间洪流，感受津沽大地所存储的厚重记忆。十本图文并茂的普及性读物，涵盖了海河的历史悠久、运河的遗存丰厚、建筑的精美绝伦、桥梁的琳琅满目、洋楼的名人荟萃、工业的兴盛发达、美食的回味无穷、年画的意蕴深厚、方言的风趣幽默、文学的乡愁悠远。英国浪漫主义诗人雪莱说：“历史是‘时间’写在人类记忆中一首循环的诗。”认真阅读，既可以领略这座城市源远流长、群星璀璨的深层历史况味，又可以与这座城市异彩纷呈的多元文化来一场愉悦的邂逅。

“津渡”，配有一份精致的手绘长卷《海河绘》，以杨柳青木版年画特有的丹青点染，绘就一条贯穿“津城”“滨城”的浩荡长河，上至永乐桥上的“天津之眼”，下达恢宏壮观的天津港；细致描摹两岸众多人文景观，组成了令人流连忘返的沽上美景。站在画前端详，可以直观感受到，水扬清波、直奔大海的海河就是整座城市的生命之源。

“津渡”，巾箱本，特别适合边走边读。漫步街巷与河畔，探寻蕴藏其中的城市文化精髓，可以得到一种满足、一种惬意、一种充实、一种厚重、一种遐思。在传统文化与现代精神的互动中，深入认识这座城市的文化创造力和当代价值追求，以及丰厚滋润的精神归宿，用阅读修养身心。

2019年1月，习近平总书记在天津视察时，作出了“要爱惜城市历史文化遗产，在保护中发展，在发展中保护”的重要指示。

“阅读天津”系列口袋书的出版，是传承发展中华优秀传统文化和守护城市文脉的生动体现，也是悠久历史文化与壮阔现实巨变的聚汇融通，更是深入贯彻习近平总书记重要指示精神的切实行动。爱惜和保护，让我们的城市敞开心扉，留住乡愁；创新和发展，让我们的城市充满生机，万象更新。

正是在这个意义上，热切期望“阅读天津”系列口袋书其他各辑，也能早日出版面世！

（主编系著名历史文化学者、天津市社会科学院研究员、天津市文史研究馆馆员）

阅读天津·津渡

HOW TO READ TIANJIN

FERRY CROSSING

文学的乡愁

“天津卫，好地方，繁华热闹胜两江。”此为《天津论》的开篇一句。这首长篇白话歌谣诞生于两百多年前，诙谐风趣，通俗易懂，曾在津沽大地广为流传。《天津论》的作者杨一崑，乃清代乾隆年间的津门举人，诗中的“两江”，指今日的江苏、上海、安徽和江西等省市，那时以繁华和书香而名扬天下。

与杨一崑同朝代的诗人张船山，也曾作《过津沽诗》，留下“十里鱼盐新泽国，二月烟分小扬州”的名句，与《天津论》大有异曲同工之妙。民国作家刘云若的著名小说《小扬州志》，其题目与灵感即源于此。无论是“胜两江”，还是“小扬州”，都是在说，天津的北风南韵，名扬天下，绝非虚构。

许多年前，九河下梢的天津，只有几座默默无闻的村庄，夹杂着大片的水洼和盐碱地，但在兵家眼里，其地理位置不可轻视。宋金对峙时期，金国统治者将都城迁到燕京（今北京），后因注意到南北运河和海河交汇处的这块地界的重要性，便在此设立“直沽寨”。这便是天津的雏形。明代永乐年间，天津设卫，驻扎官兵近一万七千人。天津的名称亦为明成祖朱棣所赐（取“天子津渡”之意），可知其肩负使命之非比寻常。

遍览史料，中国古代史上有确切建城时间记载的城市，唯有天津。

2004年12月23日，天津整整六百岁，大型书册《六百岁的天津》编辑出版，冯骥才亲作序言，溯源三津，寻踪说史，感念之情，溢于言表。

建卫后的天津，城市扩容并不理想。1845年，本地人口尚不足二十万。随着开埠通商，至1945年，津邑居民已达一百七十万，净增一百五十万。移民汹涌而至，如同百川归海，加之交通运输特别是水运的不断发展，逐步将天津推入重商兴工的快车道。至清末民初，天津工商业已成庞然之势，卓尔不群。

就文学而言，旧天津也曾作为北方通俗小说的发祥地与出版中心，引起世人关注。其代表人物如刘云若、宫白羽，享有“言情、武侠津门两大家”的声誉，与京派小说各领风骚，齐头并进。不过作整体观，那时

南定

的天津文学尚处于一盘散沙的状态，并未形成真正意义上的地域文学版图。

若还原初始轨迹，可以知道，天津当代文学的发轫，是与中华人民共和国的发展同频共振的。1949年，伴随着平津战役的隆隆炮声，一批外来的革命作家、进步文人与解放大军一同进城，完成了“接管”这座城市的庄严仪式，并成为日后天津文学艺术部门的核心与中坚力量。这批作家和文人，以孙犁、梁斌、王林、鲁藜、方纪、袁静、孙振（雪克）、柳溪、杨润身等为代表，他们来自晋察冀抗日根据地、晋冀鲁豫抗日根据地或革命圣地延安，后顺理成章地成为新天津的“第一代作家”。他们历经战火，乡音各异，虽祖籍和生长地不是天津，但他们结缘于津门，成名于津门，终老于津门。他们的文学资源，基本上都来自亲历的烽烟记忆，并用相似主题构建小说场域，支撑起厚重的“解放区文脉”而辐射全国，天津也由此成为“红色小说”重镇，被写入中国文学史的相关章节。

拜时代契机所赐，天津文学为宏大的中国文坛坐标系所接纳，得益于“第二代作家群”（以蒋子龙、冯骥才为领军人物）的

各领风骚，乃至“第三代作家群”的破茧化蝶。他们或出生于斯，或成长于斯，不是游子，不是过客，不是他者。这方水土的民风与人气滋养了他们。他们也用文学反哺天津，诉说着绵绵无尽的沽水乡愁。

曾有记者问作家冯骥才，在外省人印象中，天津人好像比较恋家，为什么会这样？冯骥才回答，天津人恋家，这没有什么不好。我就很恋家，长到这么个岁数，我从未长时间离开天津。

天津人习惯了临海河而居的日子，即使有外出闯荡者，也总是会把外来文化带回来。说到底，天津人恋家，理由其实很简单，我们的家乡，真的值得眷恋。

21世纪的天津，已是高架贯通，长街纵横，巨厦林立，景区棋布。这是熟悉的天津，也是陌生的天津。言其熟悉，盖因这是每一个老天津人生死相依的根脉，也是新天津人荣辱与共的热土；言其陌生，是由于天津搭上了改革开放的时代快车，在诸多领域引领潮流，发生了堪比神话的沧桑巨变。这个过程中，天津成为文学写作的风水宝地，亦不足为奇。

黄桂元
2022年9月

目录

CONTENTS

HOW TO READ TIANJIN

01

晚清的黄昏 怪影重重

神鞭

冯骥才

古古古古古古古，今今今今今今今，
古非今兮今非古，今亦古兮古亦今；
多向精气神里找，少从口眼鼻上认，
书里书外常碰巧，看罢一笑莫细品。

《康熙老纸画神鞭》（冯骥才作品 1990 年）

学界有一种观点，晚清天津是近代中国的缩影，这是有历史事实依据的。

国内最早以长篇小说形式表现晚清历史的，是已故天津作家、学者鲍昌先生。

1949年，随解放大军进城的鲍昌，刚满十九岁。他不属于“泥腿子”乡土干部，而是饱读诗书、才华卓异的年轻知识分子。后来他遭遇不公平待遇，赴农村改造。即使境遇艰难，鲍昌依然雄心勃勃，立下宏愿，写出多卷本的历史长篇小说《庚子风云》。1978年复出后，他曾以《芨芨草》获得全国优秀短篇小说奖，并任天津师范学院（今天津师范大学）中文系主任。不久，他接到一纸调令，赴北京任中国作家协会书记处常务书记。在繁忙的行政工作之余，《庚子风云》的写作是最让他牵肠挂肚的事。全书原计划两百万言，于1990年完成，惜乎鲍昌调任北京不足四年，全书仅出版了前两部，刚进那年头，天津卫顶大的举动就数皇会了。大凡乱子也就最容易出在皇会上。早先只有一桩，那是嘉庆年间，抬阁会扮演西王母的六岁孩子活活被晒死在杆子上。这算偶然，哄一阵就过去了。可是自打光绪爷登基，大事庆贺，新添个“报事灵通会”，出会时，贾宝玉紫金冠上一颗奇大珍珠，硬叫人偷去。据说这珠子值几万，县捕四处搜寻，闹得满城不安。珠子没找着，乱子却接二连三地生出来。今年踩死孩子，明年各会间逞强斗胜，把脑袋开了瓢。往后一年，香火引着海神娘娘驻跸的如意庵大殿，百年古庙烧成了一堆木炭。不知哪个贼大胆儿，趁火打劫，居然把墨稼斋马家用香泥塑画的娘娘像扛走了。因为人人都说这神像肚子里藏着金银财宝。急得善男信女们到处找娘娘。您别笑，您也得替信徒们想想：神仙没了，朝谁叩头？

天津人，好咋呼。有人直眉瞪眼说，他看见娘娘给人藏在鼓楼东海福南味店的后院里。一伙人不管掌柜伙计阻拦，跳墙进去，把堆在院角的两垛黄酱坛子胡乱折腾一遍，也不见影儿，肝火没处泄，就砸酱坛子，还有往上边撒尿的。偏巧这家掌柜和知府大人沾点亲，便把入第三部的写作时，他却不幸患癌。1989年2月，他抱憾辞世，享年五十九岁。我甚至想，命中注定，“水土不服”的鲍昌，或许不该离开被他视为家乡的天津。

从已出版的《庚子风云》第一部、第二部看，全书气势恢宏、波澜壮阔、人物繁多、场景浩瀚、叙事飞扬、议论精辟，具有史诗架构和风采。天津是义和团的发祥地之一，其前因与后果，起始与结局，在书中得到了全方位、多视角的呈现。

天津晚清时期的民间生活和市井气象，在鲍昌浓墨重彩的笔触下栩栩如生，颇有几分《清明上河图》的味道。

义和团运动在历史上的功过是非，学界一直争议不断，鲍昌更关心的是其中有着怎样的启迪意义，他认为“义和团运动是大悲剧，是火与剑的哀歌，血和泪的碑碣。在中华人民共和国成立后出生的年轻人，应当温习这一段历史”。

闹事的抓起几个来。索赔却赔不起，因为，这几个都是整天惹祸招灾、无事生非的土棍儿，家里顶多一床褥子、两床被、几十个臭虫，连吃饭的家伙都没有。这下子，主张禁会的老爷们算逮住理儿了，到处嚷嚷说，天津卫这地方五方杂处，民风彪悍，重义尚气，易滋事端，不宜举办这种倾城出动的皇会。可谁能把会禁掉？

您再想想，天津卫是靠渔盐漕运发的家。行船出海，遇上黑风白浪，就得指望海神娘娘护佑了。即使头品顶戴，大聚宝盆，也拿灾病没辙，更别说命同猫狗的小百姓们。所以人们就借着海神娘娘诞辰吉日，百戏云集，万人空

《天津皇会图》（冯骥才作品 1990年）

天津是个民风独特的城市，此乃共识。不过，这个说法有些笼统，可套用于对任何一座城市的表述。有比较方有鉴别，其前提必须是各具特色、规模相当的两座城市。

张中行先生曾在《津沽旧事》一文中，以亲身经历，谈起对京津两座城市的印象，他认为“北京年老，文苑气浓一些”“天津年轻，市井气浓一些”。两“气”相交，不同是显见的，却不宜刻意区分高下。世界上没有哪两座城市一模一样，大概率是同中有异，异中有同。具体到所谓的“文苑气”和“市井气”，天时地利人和，诸多因素，皆应顾及。

自元代开始，北京便是首都，历史悠久，资源优厚，名流云集，精英荟萃，底蕴如此深厚，“文苑气”想不浓都不行。天津源于“三岔沽”，人们沿河而居，渔人、船户、盐民、士兵，是早期天津的主要居民，经数百年繁衍生息，形成了水旱码头特有的民风，天津生活气、市井气浓一些，也很正常。

往往，学者聚焦的是正史和精英，作家关注的是野史和平民。冯骥才的小说视角，巷，烧香祝寿，讨娘娘高兴。还要把娘娘的塑像从东门外的天后宫里请出来，黄轿抬，华辇推，各会随驾表演逞技，城里城外浩浩荡荡绕几天，拿娘娘的威严，压一压邪魔妖怪。

人都说，人管不了的事，全归神仙管。天津卫这里的“三界、四生、六道、十方”，都攥在娘娘的手心里。可是娘娘也有偷懒耍滑的时刻，又把一些扎手的事推回人间来。原来神仙也会推活船儿。人不尽天职，天不从人愿，于是就生出今年皇会上这桩稀奇古怪的事来。

第一回　邪气撞邪气

三月二十二，照例是娘娘“出巡散福”之日。

这天皇会最热闹。津门各会挖空心思琢磨出的绝活，也都在这天拿出来露一手。据说今年各会出得最齐全，憋了好几年没露面的太狮、鹤龄、鲜花、宝鼎、黄绳、大乐、捷兽、八仙等等，不知犯哪股劲，全都冒出来了。百姓们提早顺着出会路线占好地界，挤不上前的就爬墙上房。有头有脸的人家，沿途搭架罩棚，就像坐在包厢里，等候各会来到，一道道细心观赏。

干盐务的展老爷今年算是春风得意了。他

清末时期的天后宫明信片

就是从老天津浓浓的“市井百态”切入的。

基于对地域文化的好奇和积累，冯骥才常常把目光投向晚清。这是大清帝国的黄昏时分，诡谲多变，坍塌的征兆越来越明显。冯骥才很早就开始探究中国传统文化的根源和症结，他注意到男人的辫子、女人的小脚与神秘的“阴阳八卦”现象，并将此梳理、归纳为中国传统文化的三种隐喻符号，分别指向文化的劣根性、人性的自束与精神的内闭，并将此具象化为故事与人物，植入小说文本。

汉族男人蓄辫，是清代独有的现象。比起汉族女人缠足，汉族男人蓄辫的年代并不久远，在当时怪异反常，必然会历经一番抵触和动荡。

顺顺当当发了一笔财，又娶了一房如花似玉的小婆，心高气盛，半月前就雇了棚铺，在估衣街口最得看的开阔地，搭一个气派十足的大看台。上头用指头粗的宜兴埠苇子扎成遮阳棚顶，下头用冒着松香气味的宽宽的白板松子铺平台面，两边围着新席，四匹红绸包在外边，又打胜芳买来几盏花灯挂起来。另外还雇了几个打小空的，换上

《神鞭》年画（赵静东作品 1986年）

中国古代自周代始，汉族男性长到十五岁，便束发为髻，以示成童。清军入关后，清政府号令天下男子，变“束发”为“蓄辫”。男人剃掉大面积头发，只在脑后留铜钱大小的一缕头发，编成细辫子，细到能穿过铜钱孔洞，俗称“金钱鼠尾”。后来，允许辫子可以粗一些，变成“猪尾巴”，再变成“牛尾巴”。变来变去，总离不开牲畜尾巴的形状，稀疏且有碍观瞻。这还在其次，关键是必须剃发，否则“留头不留发，留发不留头”。

《神鞭》是冯骥才“怪世奇谈”系列的第一部。小说的定场诗“古非今兮今非古，今亦古兮古亦今”，一上来就为“怪世”定了调。在清代晚期，男人蓄辫已习以为常。限于卫生条件，辫子很难及时清洗打理，男人本来就活得粗糙，辫子脏兮兮、臭烘烘是常态，外形近乎丑陋。冯骥才却能反其道而行之，化腐朽为神奇，变“奇葩”为经典，让不可能成为可能。

嘉庆年间的一次皇会中，卖豆腐的小贩傻二登场了。引人好奇的是，他“头上盘着一色青布裤褂，日夜轮班站在台前护棚。

俗话说，这叫拿钱壮的，也是拿气壮的。怕事的小百姓们不觉站远些，不知哪股邪气要是和这股气撞上，非出大事不可。谁知这预感居然应验了。请往下看……

节选自《神鞭》，百花文艺出版社，2016年

清代天津海河旧景

一条少见的粗黑油亮的大辫子，好像码头绞盘上的大缆绳”，并以祖传的一百〇八式“辫子功”，常常出头为弱者打抱不平。这“辫子功”出神入化，东洋武士佐藤自恃武艺高超，但还没明白怎么回事，就被傻二的大黑辫子打得在木桩上连转两圈。接下来：

“他（东洋武士）忽然见傻二的辫子一甩，像棍子一样横在自己眼前，东洋武士见这机会绝好，出手抓辫，指尖将将沾上辫子，这辫子又变成链条在他手腕‘唰’地缠了两道。跟着傻二来个‘狮子摆头’，硬把东洋武士从木桩上甩起来……”

傻二连续打败流氓恶霸和日本武士，“神鞭”威名，享誉津门。有些店铺，甚至把一条辫子威风凛凛地挂在门口，镇宅避邪。面对各方势力的暗算，书画家金子仙提醒傻二，“洋人想偷神鞭，意在夺我国民之精神……你该视为国宝，加倍爱惜”。傻二顿觉责任重大，“好像脑袋后面拖着的不是辫子，而是整个儿大清江山那么庄严，那么博大，那么沉重”。这种虚幻的自我膨胀，面对八国

冯骥才写《神鞭》时的照片

你曾经来过天津吗？你是否知道它是中国唯一有生日的城市？它是国家的中心城市，首批开放的沿海名城，北方最大的港口，工业重镇、研发基地、交通和物流枢纽。中国历史和当代很多“第一”在这里。你不想问一问深藏在这块土地里悠久历史中非凡的秘密？

——冯骥才

联军的洋枪洋炮，自然不堪一击。傻二躲过死劫后方才醒悟，最后剪掉辫子，转而成为北伐军中的神枪手。

“神鞭”的故事，发生在一段愚昧、病态的历史时期，预示只有革除积弊，摆脱重负，适应变化，活着才有希望，这是小说的要义所在，也是一座城市在历史变迁中不断自我革新的隐喻。

此外，“玻璃花”的形象也值得玩味。天津是水旱码头，受漕运水手和船工中青帮的影响，总有一批好勇斗狠的恶棍欺行霸市。“混星子”现象是天津卫市井生活中的“怪胎”，这类形象不仅在冯骥才的小说中常常出现，在天津作家鲍昌、林希、肖克凡、王松的部分小说以及天津艺人郭德纲的某些

天津青帮的身份证件，平时秘不示人，故称“海底”

相声中，也多有涉及。“混星子”不靠与对方互殴取胜，而是通过自残比狠，以获得“强势”地位。他们曾以“锅伙”的形式出现，最初也反清，属于哥老会分支，后来改变作风，以租借房屋为据点，故意招灾引祸，让对方暴打自己，只要皮肉能撑住，落个肢体伤残，便可获得霸凌一方的豪横资格。《辛丑条约》签订后，袁世凯任直隶总督，了解其害，四处捉拿“锅伙”，逮住便处死，这类现象随之销声匿迹。

《三寸金莲》是“怪世奇谈”系列小说的第二部。小说直指中国传统习俗的幽暗处，撕开了折磨中国女性身心长达几千年的伤口。

女子缠足始于哪个朝代？学界观点不一，但可以肯定的是，此陋习至少延续了上千年。奇怪的是，这种现象在漫长历史中一路绿灯，畅行无阻，最先遇到麻烦，却是在清代。从清太宗皇太极开始，禁止妇女缠足与强推男子剃发，两策并举，意在用满族习俗同化汉人习俗。顺治十七年（1660），清政府明令，抗旨缠足者，其夫或父杖八十，流放偏远地区，却终难奏效。直至康熙年间，清政府见汉族女子缠足对其统治利大于弊，也就不再禁止。

冯骥才感兴趣的并非史实考证。他是千疮百孔的封建社会病灶的诊断者。小说中的香莲，奶奶对她百般疼爱，七岁那年给她裹小脚时，却如凶神恶煞。裹脚用的工具，居然是“炕桌、凳子、菜刀、剪子、矾罐、水壶、棉花、烂布，浆好的裹脚条子，卷成卷儿放在桌上，紧挨着几根大针，近乎刑具，看着恐怖”。裹脚过程，心狠手快，惨不忍睹。当香莲明白了缠足的“好处”后，竟主动配合，裹住了一双绝世小脚，日后嫁了人，还一次一次参加赛脚大会，享受了大半辈子的荣华富贵。

小说内核是荒诞离奇的，但故事的历史背景和人物生活细节，却是用细腻、逼真的现实主义手法写就的，描金贴丝般勾勒出一幅天津风俗画。

冯骥才在《三寸金莲》中采用了中国古代小说的章回体，行文仿似说书人娓娓道来，

戈香莲绣像

尽管这是一个带有悲剧色彩的故事，语言上却有轻松悦动之感，颇具天津独特的曲艺风味。小说发表后，或褒或贬，争议强烈，冯骥才本来也不期待一片喝彩，遂泰然处之，但读罢朋友楚庄写的一首小诗，“裨海钩沉君亦难，正经一本说金莲，百年史事惊回首，缠放放缠缠放缠”，竟生知遇之感，几至落泪。

《神鞭》《三寸金莲》一经问世，各种转载总数何止千百，译成外文亦超过二十种，《神鞭》更是被改编成电影、电视剧和连环画等多种艺术形式，成为文艺领域的“津味”代表作。冯骥才也凭此类力作，与20世纪80年代的“文化寻根”思潮遥相呼应，成为最早以“津派小说”享誉中国文坛的天津作家。

写《神鞭》时，冯骥才四十岁出头，正值盛年，笔墨近乎炉火纯青。如今年逾八十岁，笔力不减当年。他坦言，从小到老，在天津生活，心里踏实，精气神儿足，“我和这个城市的人们浑然一体。我和他们气息相投，互相心领神会，有时甚至不需要语言交流”。

冯骥才的短篇小说集《俗世奇人》，集五十八篇心血之作，借鉴了唐传奇的笔记体小说写法。小说素材大多源于津门流传的各类民间传说，有“三言二拍”的笔意与妙趣。细节写实，部分玄幻。人物俗与雅、奇与趣、闲与哏，相得益彰。其语言简约，半文半白，“津味”浓郁，视角刁钻。小说氛围的渲染、细节的夸张，都服务于笔记小说的内在张力。

老树新枝，再度醒目。此书荣获鲁迅文学奖，也是中国文坛的一桩美谈。

HOW TO READ TIANJIN

02

城市写意 从清末到民国

津门十八街

李治邦

天津的十八街坐落在日渐繁华的大沽大街南侧，最早就是河北和山东移民过来的人居住在这里，于是就形成了南北风格融合的商业沿革，逐渐发展成为店铺林立的商业街。在十八街上分布着大大小小上百家商铺，很多是百年的老字号，查问历史，都有着响当当的名头。清雅的青砖路面，红窗灰瓦，错落有致，充分体现着传统的中式建筑布局。街里边卖什么的都有，吃的喝的用的穿的玩的俱全，进了街各种香味扑鼻而来。讲究点的商铺有朱红窗阁牌楼、青砖灰瓦白线墙装点，这些大多是扬州商贾开办的。十八街上的牌匾很是讲究，不少是名家官吏所题。经营十八街的这帮子老板聚会，从开街起就定下十八街信奉的经营理念，那就是“至诚至上，货真价实，言不二价，童叟无欺”。这十六个字是十八街的街训。领街的老板将这四句箴言刻成木质对联，挂在十八街进街的最醒目处。

大麦在十八街上转了半天，没什么好吃的，其实街上到处都是卖吃食的，而且品种还很丰从清末到民国，是时序的递进，却非历史的无缝连接。两者之间，经历了不同时间板块的冲撞和对峙。有趣的是，我们又总是喜欢不经意地、习惯性地，将清末与民国初年“捆绑”在一起，作为同时态现象并论。

从清末到民国，绝非中国封建社会历史更迭的简单重复或轮回。

1908 年，还是三岁幼童的爱新觉罗・溥仪，被懵懵懂懂地扶上皇帝宝座，很快便与大清王朝一同经历了风雨飘摇、不可逆转的崩溃期。

1912 年 2 月 12 日，隆裕太后被迫代溥仪颁布《清帝逊位诏书》，这意味着，年幼的宣统帝（溥仪），不仅成了“清废帝”，还成了中国封建社会独一无二的“末代皇帝”。溥仪的退位，正式为两千多年的封建帝制画上了句号。

时代的转型来得突然，各方准备不免仓

富。锅巴菜、煎饼馃子、豆腐脑，可大麦都看着嫌弃是穷人吃的东西，吃嘴里太咸。他想起在宫里，到了早晨起来，在从东华门出去的南河沿上，卖早点的小车就热气腾腾地冒着白汽，车上有浮着一层薄皮的咸豆浆，玲珑剔透的小笼包，白里透着青绿的葱包棍，还有黄灿灿的油条，都泛着诱人的香味儿。吃早点的人就围着小车边简单的板凳坐着，慢慢地吃着聊天，互相喊着彼此的名字。想到宫里的日子，想着爹一道一道地给他们做菜，做得那么荡气回肠，做得甜咸适中，样式能做得了上百种，大麦的眼圈就湿润了。他想回宫里了，那里还有他哥哥高粱，还有刘甜水，还有宫里这么多的宏伟宫殿。大麦回到家，种玉杰破例没早出车，对大麦说，我带你到城里转转。大麦高兴了，毕竟是爹。

种玉杰说着话拉着大麦就走，到了十八街上叫了辆车。拉车的看上去跟种玉杰关系很熟，也没问个什么拉着就走。大麦坐上去，发现爹没上，扭头看去，爹又叫了辆。于是前面一辆，后边一辆这么走着，车铃叮当作响，很是气派。天津没有北平那么大，可街上到处是人，高楼比宫殿高，一幢接着一幢，望不到头。两辆车并肩拉，就有促，但程序上的名正言顺必不可少。宏观上说，是共和取代专制，是总统取代皇帝，是阳历取代阴历，属于翻天覆地的根本性革命。在社会层面，也极具颠覆性，比如男人留发取代辫子，女子天足取代裹脚，鞠躬取代跪拜等，须落到实处，不得马虎。日常的变化，则涉及百姓生活的细枝末节，比如旅馆取代客栈，舞台取代茶园……凡此种种，面面俱到。

最感到难以适应的，就是生活在紫禁城内的那些遗老遗少。溥仪为首当其冲者。

童年的溥仪，并不比一般孩子更优秀。已经民国了，溥仪仍在紫禁城内过着“小朝廷”日子。其间，有专家、学士分别专门辅导他学习满文、汉文和英文。这位昔日的小皇帝，无知顽劣，并不消停，喜欢玩骆驼、喂蚂蚁、养蚯蚓、看狗咬架、捉弄身边的太监。以至当时的一些参政员看不过去，要求政府对“小朝廷”严加管束，不能放任自流。1917 年，张勋复辟，十二岁的溥仪再度被扶上龙椅。但兴奋期仅仅维持了十二天，闹剧就烟消云散。

了说话的机会。大麦对爹说，这不就是山吗。爹说，山是石头做的，这高楼是钢筋水泥做的，都是银行呢。大麦撇撇嘴，还不是一样，你离开了宫里到这儿，放着我们哥儿俩不管为什么呢？爹嗔怪着，你小子是真傻还是假傻，宫里再好，哪个殿是咱的，皇上都让拿枪的逼跑了，咱还能在宫里待多久呀？大麦，你看看这高楼，里边可都是钱行呢。大麦看到街上有的人是红头发，还有黄头发绿头发，有些惊吓，忙问，这不是鬼吗。爹说，这都是外国人，长得就这德行。大麦问，为什么我们是黑头发，他们都跟鬼一样啊？爹说，你见得太少了，怨我让你和高粱在宫里圈养着，外边什么也不知道。大麦啊，爹告诉你，我们一家子在宫里不能再待了。大麦听罢大吃一惊，问，不在宫里能去哪儿呢？种玉杰叹口气，去哪儿不能告诉你，这是一个秘密。

两辆车叮叮当当走进了天津热闹的估衣街，走进去大麦就傻了。街里边都是一个个考究的门脸儿，显然比十八街有财气。除了估衣铺外，还有绸缎、棉布、皮货、瓷器等各业的商铺，一些眼熟的老字号蹦入眼帘，比如谦祥益、瑞蚨祥、瑞生祥、元隆、老胡开文、老茂生等都集中在这条街上。大麦就好人多，喜欢

1925年2月，溥仪由日本官员陪同移居天津，携婉容、文绣一后一妃，先后在日租界内的张园和静园生活，大约有七年光景。天津由此成为溥仪享乐消遣、遮风避雨的世外桃源。他平日西装马甲，手执拐杖，派头十足，吃遍各租界内的西餐厅，最馋起士林的冰激凌。他常混迹于赌局、舞场，喜欢飙车，喜欢打保龄球、台球、高尔夫球，直言“天津卫好过紫禁城”。出国留学的想法，也被他丢到了脑后。

溥仪与婉容

个人声鼎沸。这里的摊贩遍地皆是，异常繁华。高大的院墙上都有铁花罩着棚，院内是宽敞的店堂，一般是楼上楼下都设柜台，大麦觉得这与前门大栅栏的大棉布庄惊人的相似。大麦一头撞进一家店铺，柜台上琳琅满目，从面料、里子，到丝线、扣襻，乃至估衣、成衣、皮货、寿衣、军衣，应有尽有。东西都摆在那儿，好像随便拿，也没人过来主动搭讪。种玉杰从柜台上面拿了一件大褂儿，然后在大麦身上比画着。大麦问，你不给人家钱就拿呀。种玉杰说，这是估衣街，看好了，穿舒坦了，最后结账。大麦不习惯，在大栅栏每次去买东西，都爱跟售货的说几句，若是女的卖东西，谁都喜欢跟他热乎，聊几句才会心里欢愉。不聊天了，买东西还有什么情趣。日头一过中天，种玉杰就不安稳了。大麦看出来爹有了心思，问，您有事就忙您的，这比十八街热闹，都是穿的，穿的比吃的好玩儿。种玉杰问，你能回家吗？大麦说，十八街中腰的第三个门。种玉杰说，我有个急事会朋友，先走了，出门有车，车夫叫大落。我让他等你，你不必给车钱了。种玉杰走了，大麦看见在爹的后面突然跟了两个人，都穿着黑色的马褂儿，脸色很神秘。大麦想追溥仪乐不思蜀，这只是表象。他是看不到“蜀”在何方。说到底，天津也只是驿站，未来的一切，他在静观其变。1931 年 7 月的一天，日本人水野胜邦子来津密访溥仪，送了他一把扇子，扇面上写有“天莫空勾践，时非无范蠡”字样。本来就非“心如止水”的溥仪，瞬间“豁然开朗”，心领神会。

11 月 10 日傍晚，溥仪乔装打扮溜出静园，在日本军官吉田忠太郎一行“护送”下，离开城内租界，从塘沽至大连，进入长春，走上前台，扮演由日本扶植的伪满洲国皇帝角色，向世界爆出一个大新闻。

溥仪移居天津的同时，还有一位名叫种玉杰的宫内御厨，悄悄深夜潜逃出宫，偷偷来津，在社会底层为生存打拼，演绎出一段传奇故事。这一切，在李治邦的长篇小说《津门十八街》里得到了精彩呈现。小说中的故事和主要人物并非完全杜撰，有蓝本，有原型。但鉴于某些因素，不能如实展示，采用类似“甄士隐”与“贾雨村”的叙事方式，是作家聪明的选择。

过去告诉爹，可爹的身影已经消失在茫茫人群中。大麦觉得爹突然从宫里跑到天津，究竟干了什么事情，会不会牵扯到什么。尤其是那个女人说了一句“你就想卖古董”，让大麦心跳不止。在宫里倒腾古董，不只是杀头之罪，要千刀万剐的……

节选自《津门十八街》，春风文艺出版社，2011年

十八街麻花（田同芬绘）

《津门十八街》的构思，受到一宗与清宫有关的失窃案的启发。主人公种玉杰是故宫御膳房里的副庖长，专门在养心殿御膳房忙碌，为皇上的每道菜把关。之前，他还曾为慈禧太后搜罗过山珍海味，可见地位特殊，有条件接触一些更为隐秘的要人要事。眼看末代皇帝已穷途末路，蓄谋已久的种玉杰秘密出逃，时间点上与溥仪来津是前后脚。种玉杰不仅带出两个儿子，还把宫内的宝贝据为己有，且嫁祸于人。种玉杰隐伏于天津，辗转多处，总是处在怕被熟人指认出来的恐惧里。最终，他还是没有躲过这一劫，在天津十八街上演了一段惊心动魄的“夺宝大战”。

小说一波三折，先讲了种玉杰与两个儿子在十八街以开饭馆为生，日子过得渐有起色。这时候，他惊觉经常出入饭馆、关系日深的金爷，就是当年自己盗宝后嫁祸的那位清廷王爷。因担心被其报复，种玉杰不得不再次逃跑。

他的儿子大麦不知内情，凭借悟性和勤劳，研创出多个麻花品种，叫响十八街成为津门一绝，享誉至今。

李治邦

每座城市都有它的人文性格，比如成都人就显得悠闲平和，上海人是励志自得，北京人当然是大事小事匹夫有责。说起天津人的性格就是热情豁达，这可能由海河码头文化滋润而生。天津建卫六百多年，海河桅杆如织的码头，迎来送往的客人，铸就了容纳南北的人文胸怀。

——李治邦

为写此书，李治邦花费了大量心血，不仅查阅数百万字的历史资料，还走访了许多专家和学者，天津作家龙一也曾为小说的写作提供了有价值的建议与素材。小说并没有直奔主题，而是用了一多半篇幅做铺垫，不厌其详地写了北京故宫的环境、膳食、礼数、规矩、器物和人物关系。接下来，场景由宫廷转向市井，人物由逐宝转为退身创业。此书集历史、传奇、市井、玄幻于一体，融膳食、剪纸、曲艺于一身，跨域书写，好读有趣。

就城市而言，民国时的天津究竟是什么样子？这要看人们怎么理解。

在一些外地人眼里，天津有抹不掉的乡村痕迹，就市容而言，不如上海洋气，也不比北京端庄，总体感觉，不够时尚。柳亚子先生不以为然，他在天津居住过，时间不长，却从中品出了江南味道，并写下“颇爱天津风物美，乡村都市一炉熔”的诗句，表达欣赏之情。城市中的乡村，乡村中的城市，这亦城亦乡的“一炉熔”，比喻实在精准传神，恰恰道出了天津城市特有的亲和力。

武歆的长篇小说《树雨》，以其景语、物语、心语、情语，生动展现了天津特有的“一炉熔”的民间生活景象。滚滚红尘，暖暖乡风，融为一体，使人如临其境。小说分两条线，采用平行结构，以儿子范小树的视角，讲述了民国时期父亲范忠棠、母亲米淑红，如何从山东和辽宁来到天津卫，本是萍水相逢，却因缘际会结为夫妻，在津沽相濡以沫，相依为命。

小说中的“我”，以想象、揣摩、猜测，探寻父母各自曲折的人生轨迹，揭开扑朔迷离的身世之谜。这部小说叙事富有跳跃性，借用与父母一生密切相关的物象（树）和天象（雨），展示了人性的多面性与复杂性。在天津卫艰苦谋生的父亲，是那般酷爱着树。父亲觉得树是个坐标，别的都可以失去，但只要有一棵与你相识的大树存在，就能找到家乡。而雨与母亲米淑红的命运，更是如影随形，诡异异常。她的婚姻、生娃、离世，总是伴着雨水绵绵。从此，全家人的人生命运总是与树、雨同气相求，纠缠不休。武歆用略带伤感的湿润语言，赋予故事背景与人物命运如同江南春季似的湿漉漉的诗意，令读者深受感染。

天津不像上海那样，倾向于全盘西化，也不像北京那样，致力于赓续传统文明，而是介于两者之间，保持一种自身文化内力的平衡与再生。

郁达夫的理想城市是“具城市之外形，而又富有乡村的景象之田园都市”，用于诠释天津，恰如其分。正如《树雨》中的城市形象，有城有乡，有树有雨，宛如一幅民国天津“一炉熔”的人文景观剪影。这种朴素的城市美学效果，在天津杨柳青古镇，达到了某种极境。

徜徉于杨柳青石家大院的甬道、长廊，好似走进背景斑驳的时光深处，又像是置身于一部怀旧老电影的场景，很容易会被唤起一种“民国体验”。岁月的投影，依稀映出百年前的钟鸣鼎食和花团锦簇。往昔那些纷沓的脚步声、激越的戏曲锣鼓声和观众的阵阵叫好声，似乎还在耳畔萦绕，瞬间又归于空无。当一切物是人非，只有缓缓穿过古镇的运河，依旧默默流淌，见证着人世沧桑。

石家是旧天津响当当的“八大家”之一。石家大院保持了清末民初典型的北方民居形态，有“北方近代乡镇的微缩景观”之称。某些建筑细节，还透出了中西合璧的味道，整体设计结合了王宫官邸与大户民宅的建筑特色，既豪华高贵，又祥和亲善，且有着浓郁的家族气息。甬道东侧的门楼后面，原是石氏家族的起居寝室，如今成了杨柳青博物馆的展品陈列区，藏有杨柳青木版年画的历代杰作和砖雕艺术珍品以及泥人张彩塑、民间剪纸、杨柳青风筝、民间花会道具、婚俗等民间文化作品。

甬道西侧，别有洞天，赫然而现的是石家戏楼。厅堂足有两层楼高，面积有四百多平方米，可容纳两百人听戏饮宴，是北方最大的民宅戏楼。当年京剧名家孙菊仙、谭鑫培等，曾在此显露身手。

石挥这位曾被誉为中国“话剧皇帝”的表演艺术家，便

杨柳青年画《十美图·放风筝》

是石家的后人，是家族的荣耀。石挥出生在石家大院，但很小就随父亲离开杨柳青。后来他走上表演之路，其演技出神入化、登峰造极，却在动荡年代过早辞世，走得决绝而凛然，给中国影剧史和他的观众，留下了永恒的遗憾。

好的城市，并不排斥乡土感和田园味。乡土感源于血浓于水，田园味让人熟悉亲近，能唤起人们相似的文化经验和审美情感。

天津这座城市，便是乡土中国与现代中国的结合体，丰硕而斑斓。

HOW TO READ TIANJIN

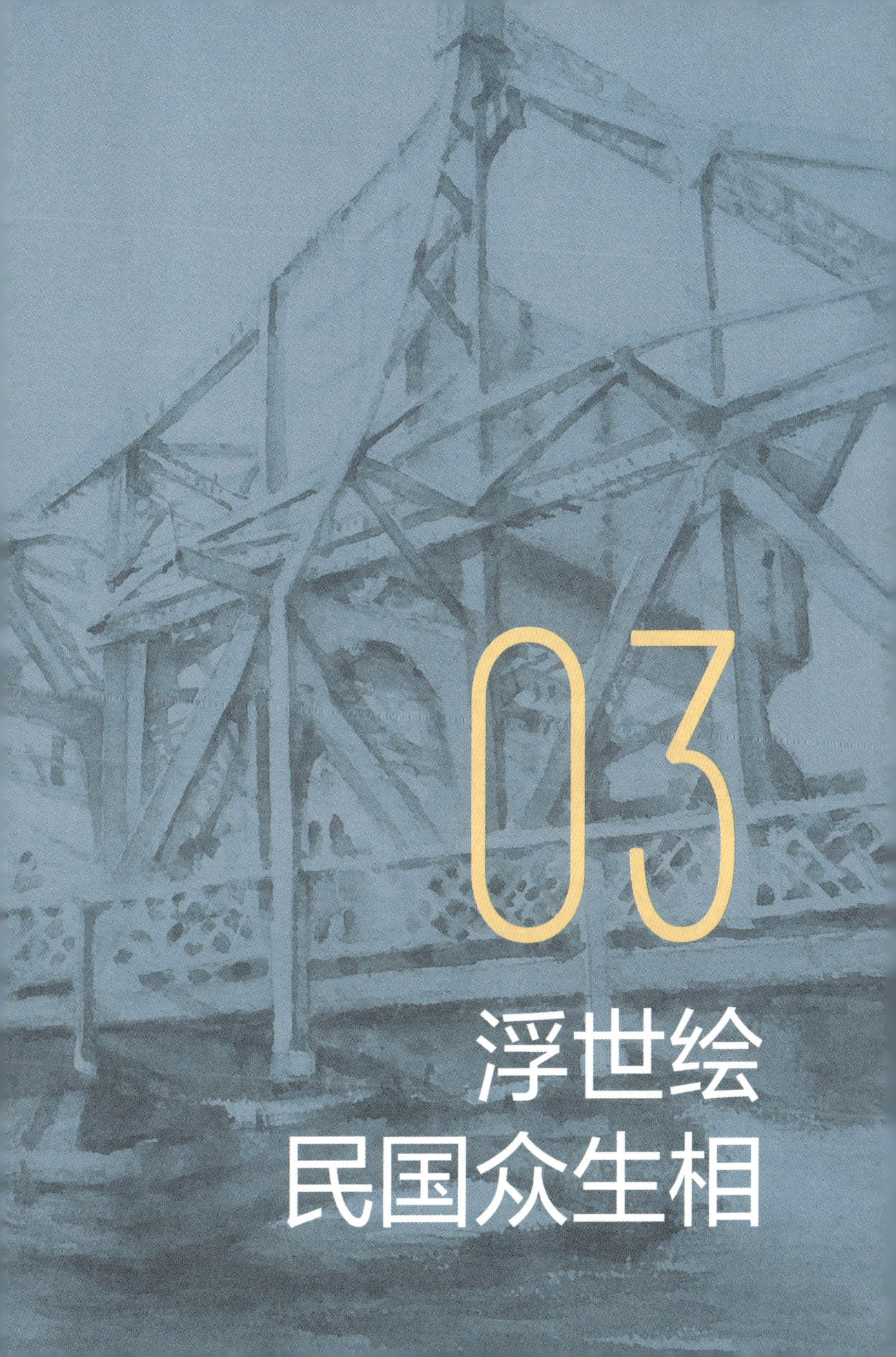

03 浮世绘 民国众生相

天津闲人

林 希

若是有个人冷不丁地出来问你：天津卫出吗？要搭不上话茬儿，你还真被人家问“闷儿”了。天津卫这地方，大马路上不种五谷杂粮，小胡同里不长瓜果梨桃，满城几十万人口，几十万张嘴巴睁开眼睛就要吃要喝，就算天津卫有九条河流横穿而过，即使这九条大河里游满了鱼虾螃蟹，连河岸边的青蛙一起捉来下锅，恐怕也喂不饱这几十万张肚皮。所以，君不见日日夜夜火车轮船不停地往天津运大米白面，城乡公路车拉肩担又不停地往天津送蔬菜瓜果。就这么着，天津爷们儿还吵闹着吗也买不到，大把的钞票攥在手心里愣花不出去。

你问这天津卫到底出吗？我心中有数，只是不能往外乱说，张扬出去，我就没法儿在天津待了。天津爷们儿怪罪下来，大不了我一个人拉着一家老小逃之夭夭，可天津卫还有我的老宅院，还有我的姑姨叔舅，让人家受我连累，我对不起人。

说顺听的吧，天津卫出秀才，出圣人。有人说瞎掰，你天津卫几百年没出过一个状元，民国始于1912年1月1日，仅仅存续了三十多年，却热闹非凡，好戏连台。

天津的“民国剧情”，比普通的中国城市复杂很多倍。

甲午战争后，袁世凯奉旨在天津小站督练“新建陆军”，他在原十营近五千人的“定武军”基础上，又增募新兵两千人，并采取近代德国陆军制度，组建步、马、炮、工、辎等兵种，制定新的营规营制、饷章、操典，陆军里面的中坚和骨干，不少人成了日后叱咤风云的民国将帅。

其间，还出现过一段离奇插曲。1923年6月，黎元洪因在京受到直系军阀压制，移入津门，并宣布天津为民国政府所在地，还曾在天津英租界内的个人府邸发布了多道“总统指令”和“总统任命”。

天津“小站练兵”，标志着中国近代军

到清政府废除科举，天津卫就没一个人上过金榜，所以天津的文庙不能开正门，你说寒碜不寒碜。其实如今天津不出状元是因为天津离京城太近，想考状元的早早搬迁进京城住去了，中了状元甩京腔他也不承认自家是天津人，白喝了天津卫的海河水，白吃了这许多年的煎饼馃子，这叫不厚道。再说天津爷们儿从来没把状元看得有什么了不起，好汉子讲的是独霸一方，状元郎不就是给皇帝老子做驸马吗？没劲，认皇后做丈母娘，这姑爷准不好当。

说不中听的话，天津卫出混混儿，出青皮。有这么回事没有？有。这用不着捂着瞒着，天津混混儿有帮有派，打起架来不要命，最能耐的叫“叠”了，一双胳膊抱住脑袋，屈膝弓背侧躺在地上，任你乱棍齐下，血肉横飞，打烂了这边，再翻过身来让你打那边，不许出声，不许咬牙，不许皱眉头。为什么要这样打人？为什么要这样挨打？说不清缘由，这叫“天津气派”，后来时兴新潮词汇，叫作“天津情结”。

天津卫总得有独一无二的人物吧？有。这类人物只在天津能找到，大江南北，长城内外，东洋西洋，世界各地，只在天津卫才能见到，告诉你长长见识，这类人物叫“天津闲人”。

事史的一个重大转折。其中曾任“统带”的段祺瑞，后来成为皖系军阀首领，三造共和，一度主政民国临时政府，总统、总理一肩挑。1924年3月，北京大学成立二十五周年纪念日，曾在学生中进行国内有影响力的大人物票选，孙中山位居第一位，陈独秀居第二，蔡元培居第三，而并列第四的是胡适与段祺瑞，可见其影响力。

1926年，段祺瑞被冯玉祥驱逐下台，退居天津，当了七年与世无争的寓公。

段祺瑞本可以终老于天津，之所以离开，与日本人有关。九一八事变后，日本人扶持溥仪在东北建了伪满洲国，日军特务头子土肥原贤二曾多次到津，秘密拜访段祺瑞，希望他能出山归顺。1933年，为避开日本人的要挟，段祺瑞仓促举家迁居沪上，并公开表明自己的抗日态度。三年后，他因病黯然离去。

除了民国的赳赳武人之外，一些文化巨匠、思想精英，也曾在天津留下了堪称辉煌的人生足迹。

梁启超旧居饮冰室（田同芬绘）

戊戌变法失败，参与变法的“六君子”血溅北京菜市口。梁启超在天津秘密上船，虽险象环生，却因同道相助，终于东渡日本避难，也从此，与天津结下了“生死之谊”。回国后，祖籍广东新会的梁启超，在天津度过了生命中最后的十四年，成了清末民初历史进程的重要参与者。

在天津期间，梁启超受聘于南开大学，与严复、胡适、张伯伦过从甚密。在饮冰室书斋，还与后学梁漱溟、徐志摩结下师生闲人者，清闲少事之人也。《清会典·八旗都统》载："自十有六岁以上皆登于册，而书其氏族官爵，无职者曰闲散某。"这是指的旗人，不在朝廷当差，不吃皇粮，称之为"闲散"。这和天津闲人不一样，天津闲人于户籍上没有记载，自古以来，天津人大多没有固定职业，俗称"没有个准事由"。与天津人交往有三不问，第一不问家庭地址。天津人爱搬家，一个地方住上一年半载，发旺了，到租界地去租房；人缘混臭了，又得赶忙迁居，总住一个地方的，全是窝囊废。第二不许问操何职业。除了军警宪政穿官服，铁路局、邮政局穿制服之外，其余的天津人什么职业都干，上午还在金城银号当大写，下午就到谦祥益管账去了，还有的上午卖鱼，下午拉洋车，晚上倒泔水，夜里赶晚儿去给死人念经。第三不许问收入几何。上个月收入一万，这个月保不齐就挨饿，这叫抽风掷骰子，赚的是没准儿的钱。

那么，天津闲人到底是些什么人物呢？古之孟尝君养食客，门下中下等人，不著业次，称为帮闲。荀子曰："闲居可以养志，是以辟耳目之欲，而远蚊虻之声，闲居静思则通。"这等闲人或寄人篱下，或静思修身，与天津闲之谊。这段岁月里，他留下了浩如烟海的学术著述，“于学无所不窥，于论无所不及”。

先于大师梁启超几年，天才女词人吕碧城也曾居住在天津。

吕碧城出生于1883年，少年即得大名，时人甚至认为，其文学才华，可与李清照相比。吕碧城出生于安徽旌德，十几岁随母来津，投奔在塘沽任盐运使的舅父。1903年，二十岁的吕碧城欲进天津城内探访女子学校，遭到保守的舅父的严词阻止，一怒之下，第二天她只身出逃。因身无分文，她的生活陷入困境，幸遇好心的佛照楼老板娘，将其安顿在自己家。吕碧城很快因文笔出色崭露头角，受聘于《大公报》，成为全国报刊界的第一位女编辑。

报纸成了吕碧城传播女权思想的阵地，政论与诗词双双惊艳。她把办女学、开女智、兴女权提到关系国家兴亡的高度，成为中国妇女解放思想的先行者。

人风马牛不相及。天津闲人者，就是闲人一个，一个闲人，地地道道、凿凿实实的大闲人。

天津有闲人，是因为天津有闲事，闲事多则闲人多，闲人越多闲事也越多。

如今要说到的这位天津闲人，姓侯，名伯泰，是笔者祖上的一位老先贤，因为他在同族弟兄中排行第四十六，众人尊称他为“四十六爷”。天津人说话习惯省略音节，譬如将百货公司的“百货”二字合而为一，叫作“百——公司”，那么杨家大院，便称为“杨——大院”，四十六爷，说着绕嘴，日久天长，大家便只称他为“四六爷”。好在四六爷脾气和善，随你称呼我是什么爷全不在意，只要说话时别拍肩膀，别称老哥老弟，四六爷概不怪罪。

公元1935年，民国二十四年，仲夏五月，侯四六爷刚刚庆了六十大寿，身子骨硬朗，精气神儿足壮，日月过得好不惬意，从来不懂得什么叫心腻犯愁。论门第，侯姓人家是诗书传家，书香门第，祖辈上有人刻过稿、著过书，上过前朝史传。侯四六爷，少敏，可惜只敏到十四岁，便再也不敏了，好在家里也不难为他，愿意读书就读书，爱好丹青就画画，致使四六爷背得半部《论语》，写得一手好字，画得一

1904年11月7日，北洋女子公学在天津正式开学，吕碧城亲任总教习，负责全校事务，兼任国文教习，在全国轰动一时。此校女学生中，有刘清扬、许广平、郭隆真、周道如等，后来都成了著名的革命家、教育家、艺术家。

1943年元月，吕碧城在香港九龙辞世，享年六十岁。她留下遗命，不留尸骨，火化后，将骨灰和面为丸，投于中国南海的波涛之中，以使灵魂彻底地自由自在。

吕碧城肖像

手好竹，而且抚琴对弈，吟诗作赋。这么说吧，凡是文人墨客高雅的游戏，四六爷没有玩不来的。再说到财势，侯姓人家有多大财势？侯姓人家自己都不知道。若是买房产，侯姓人家虽然未必能买半个天津卫，但买条租界地没问题。四六爷二十岁过生日，正巧府上买了一条胡同，二十套大宅院，给胡同起名字，用的就是侯四六爷的大名，叫伯泰里。只是侯四六爷没有给侯家财势添加一根柴火棍，天津卫称这类人为“吃儿”，坐吃祖上的财产，从呱呱坠地到呜呼哀哉，一辈一辈吃白食，吃得一辈一辈弟兄肩不能挑担，手不能提篮，只以为馅饼全是从天上掉下来的。

侯伯泰大人一辈子光做好事，除了北洋军阀一场混战，侯伯泰没有劝说调停之外，其余天津卫无论什么大纠纷，没有不求到侯伯泰大人门下来的。侯伯泰不负众望，果然一出面便能使对峙双方心平气和，有的不打不成交，还做了好朋友。

如此说来，天津卫有了侯伯泰，岂不就成了亲善和睦的君子国了吗？倒也未必。侯伯泰大人对于市井纠葛从来不过问，一根葱半头蒜的芝麻谷子官司，随芸芸众生去闹，就算请到侯伯泰大人的头上，侯四六爷也压根儿不管，历史，从来就有正、野之分，官、民之别，与正儿八经的历史学家只看重正史不同，文学家往往对正史与野史兼收并蓄，各取所长。在民国天津这座大舞台上，革命家、政客、学者、才子各色人等轮番登场，给这座城市留下了书写不尽的文学灵感。文学被认为是社会生活的一面镜子，但这面镜子不应过于刻板，可以是放大镜、显微镜，也可以是哈哈镜，且不仅为“镜”，还可以是“灯”，能够洞察纷繁复杂的大千世界。

民国时期，北京天桥、上海城隍庙、南京夫子庙、天津“三不管”，皆是当地民俗文化的集散地、百宝箱。

天津作家中，林希是一位视点下沉、大器晚成的小说达人。林希与冯骥才都对昔日“三不管”有兴趣，绝非巧合。区别是，冯骥才多取旁观、反思视角，试图从历史碎片中打捞文化符号；而林希则更喜欢沉浸于老天津的俗世氛围，移步换景，顺藤摸瓜，不放过里面的枝枝蔓蔓。

天津“三不管”的由来，有多种说法。

轿子马车停在门外，侯伯泰大人就是稳坐在太师椅上不动身。明摆着嘛，这类事，只该请那班晚辈末流闲人去办。

节选自《天津闲人·高买·圈儿酒》，天津人民出版社，2017 年

万国桥（今解放桥）旧影

一说，此处是乱葬岗子没人管，打架斗殴没人管，坑蒙拐骗没人管，因而得名。再一说，此地界位于天津城区以南，法日租界的西北，出了事，各方推诿，无人管束。随着天津市区的不断繁华，“三不管”也扩大成为南市。茶园、戏院、饭馆、旅店、大烟馆生意兴隆，服装鞋帽、糖果糕点、羊杂豆汁、说书清唱、摔跤练武，无一不有。鼎盛时，南市居然有二十多家饭馆，十几家影剧院（曲艺院），白天路人拥挤，夜晚灯红酒绿。

林希的《天津闲人》中，闲人离不开闲事，闲事成就了闲人。闲人擅长伺机挑事，无中生有，小事忽悠大，大事不嫌大。只是闲人也分三六九等，有贵族血统的旗人后代，也有天津人俗称的“下三烂儿”。孰高孰低，孰贵孰贱，各自心知肚明。小说中，“高等闲人”侯伯爵和“末等闲人”苏鸿达，处理“闲事”的操盘能量，可谓天差地别。

闲人等级越低，越要厚颜，方能混得出来。苏鸿达走下万国老铁桥，挤进河岸

林希

天津是九河下梢，水旱码头，也曾是十里洋场。天津人在历史上的功绩是不可磨灭的。天津是中西文化交融的桥头堡啊！西方文化传进来，经过天津进行一次通俗化的过程，辐射影响北方地区，甚至全国。尤其在近代中国，天津的这种贡献尤为突出。

——林希

解放桥（田同芬绘）

边的人堆，意识到机会来了。他对着被河水泡得膨胀的死尸，惊呼："哎哟，面熟呀！"立即被几十位记者围住了，然后被《晨报》主笔严而信请到登瀛楼大饭庄。随之，一桩虚构的离奇案件被爆出，惊动了整个天津卫。苏鸿达这边吃原告，那边吃被告，一手托两家，推波助澜，忙得不亦乐乎，却不知道自己已经落入侯伯爵的陷阱里。但苏鸿达不担心后果，"管闲事惹不来杀身祸，多不过被人撕下一层脸皮，日后再长出来，保准比前面那张还厚"。林希的小说不仅写透了那个动荡年代里的天津，也写透了人性。

林希小说的丰富性在于，万千世相，灵精古怪，应有尽有。小说中除了"闲人"，还涉及"惹惹""放鹰""哭丧"

等市井习性。刁蛮的俞秋娘，放鹰、哭丧，早已是驾轻就熟，恶俗不堪，“哭丧，在天津卫是一门艺术……声调要抑扬顿挫，有板有眼，有腔有调，有韵味，神态要有悲有痛，有水袖身段，有捶胸顿足手拍地，到了关键处还要撞墙碰碑有招有式”。小说有来道去，针脚绵密，“津味”醇正，满纸反讽意味。

《蛐蛐四爷》显示了林希深不见底的叙事能力。他能把寻常的促织玩乐，用小说家的语言写得如此惊心动魄。除了林希，不会再有第二人。天津人养蛐蛐，只图快意，指望靠它发家致富的不多。如林希在小说“后记”中说的，“斗蛐蛐，胜者哈哈一笑，输家也无非脸上贴一纸条则罢”。小说以蛐蛐象征人性，道尽世态炎凉，命运沉浮。

余之诚在兄弟中排行老四，父亲是行伍出身的余大将军，母亲吴氏身居偏房，在余府寄人篱下，无一席之地。他七岁开始玩蛐蛐，一心一意，再无他求，终于借助老把式常爷玩出了名堂。后来，他把使自己获益甚丰的“常胜大将军”（蛐蛐）死后误埋入祖坟，犯了大忌。母子二人被家法逐出，流落乡下。余之诚复仇心切，母亲为除祸根，竟亲手用剪刀剪断了他的手指，促使其重新做人。

1995年，《蛐蛐四爷》被改编为话剧，多次在北京、上海等地演出，受到热烈欢迎，被专家誉为可与北京人艺《茶馆》媲美的传统话剧。由于规模宏大、参演人员众多等原因，该剧沉寂长达十年，被称为“演不起的好戏”。

林希本名侯红鹅，曾祖父是中国第一代买办，祖辈在天津办洋务。生活殷实，家学深厚。林希年轻时曾跌入命运低谷，二十多年里，种地、挖河、打砖、拉板车、蹬三轮、清马路、扫厕所，苦活儿、累活儿、脏活儿都干过，精神却没有沦陷。

或许，上苍要成就一位不凡的作家，注定不会让他顺风顺水、无忧无虑，而让他在金色年华就历尽磨难，把荒芜的命运变成文学的沃土。

林希重新拾笔，是与新时期一批“归来派”诗人一同复出的。他的长诗《无名河》旋律凄然，读者从中聆听到一种肝肠寸断、震彻灵魂的血泪长啸。他一鼓作气出版了数部诗集，数次获得国家级诗歌奖项。

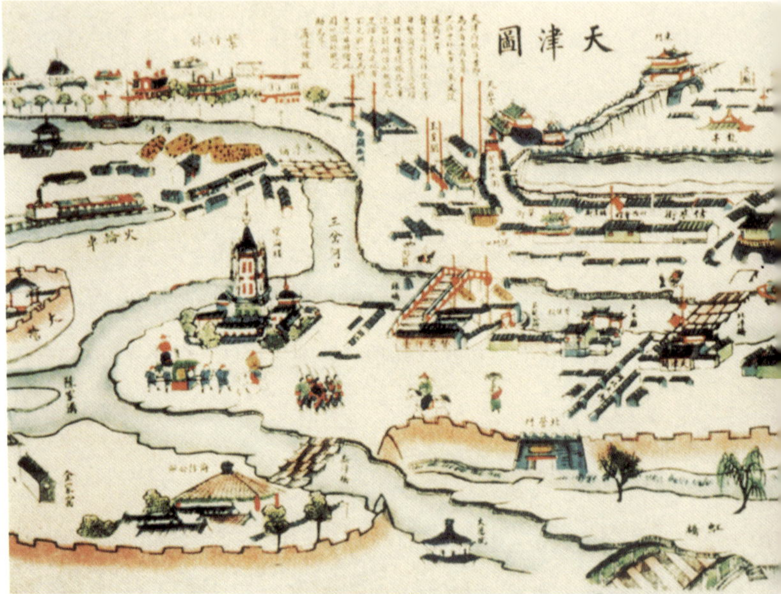

旧天津城廓图

1986年，本已功成名就的林希，却在知天命之年，主动“变脸”，尝试从未涉足的小说写作，酷似齐白石六十岁“衰年变法”，且后来居上，完成跨越。他的民国小说写作“老谋深算”，不喜开门见山，更不会直奔主题，而是着力于烘云托月，曲径通幽，喧嚣里有悲凉，热闹间透孤冷，繁盛中见枯败。这些小说具有地方口述史性质，堪称一部小百科意味的另类天津民国史。

HOW TO READ TIANJIN

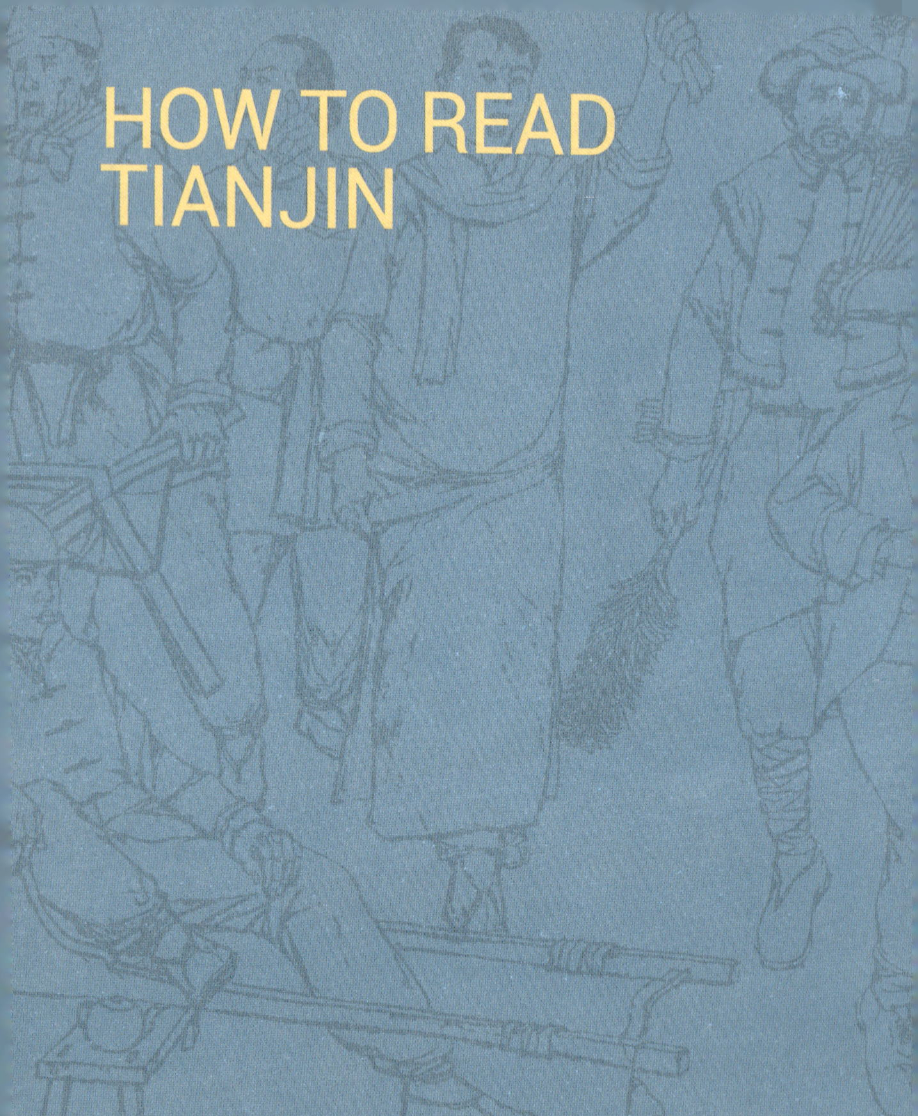

04

家族叙事
白雪与红尘

十城记

宋安娜

不管白天晚上，无论酷暑寒冬，小白楼总是弥漫着莫斯科硬肠的味道。独有的，让人想起俄罗斯大妈肥硕怀抱的味道。

小白楼地片不大，东西三条街，马场道、克森士道和狄更生道，一气往东，跟南北走向的海大道形成一个三角地。就这么一块小小三角地，却天生成一段地利：东傍海河，太古洋行、怡和洋行码头上货来货往，终日人声鼎沸；北临号称东方华尔街的法租界中街，英国汇丰、法国东方汇理、美国花旗、日本横滨正金，银行一家挨着一家，英镑、法郎、美元和大银洋，闭着眼在大街上跑；南边更绝啦，蹲着一所美国兵营，第十五兵团上千号美国大兵，要吃要喝要玩乐，叫小白楼街面上的酒吧、舞厅，恰如雨后春笋，一个晚上就窜得哪儿哪儿都是，派生出理发、美容、服装、进口化妆品、洋酒、洋罐头、西餐、西服剪裁，各行各业，全都最高档、最时髦。一时间，小白楼货流儿、人流儿、钱流儿，流儿流儿俱全，流儿招流儿，流儿顶流儿，直叫小白楼寸土寸金，满脚蹚着银票走，一不留神摔个大马趴，下巴颏准能磕出个西班牙银圆来。

有人称北京是城文化，天津是河流文化，不是没有根据。

发源于太行山脉和燕山山脉的河流，大大小小有三百多条。这些河流散散漫漫、细细碎碎，进入华北平原，合为永定河、大清河、子牙河、南运河、北运河五大干流，又以颠簸奔腾之势，在天津三岔口会师，汇成海河盛景。千百年来，海河滋养着这里的子民，滚滚不止，生生不息，一直被天津人视为母亲河。

一百多年前，海河东边是个口岸，也是津门最大的粮食集散地。载满粮食的船只在河上鱼贯而行，在一个叫“大口”的地方不停装卸。大口胡同、小口胡同、粮店前街、粮店后街由此得名。粮店前街便是嘈杂的交易集市，粮店后街则为居民区。位于后街陆家竖胡同2号，有一套坐北朝南、青砖墁地的三合院，就是李叔同的生命源头。

1880年10月23日，李叔同呱呱坠地，在市井喧哗中发出声声啼哭。李叔同何以落生于天津这个水旱大码头？终究是一宗奇事。

小白楼的商铺，应酬门市的伙计都得会说几句英文，进出商铺的人，华洋各半，那一半中国人也多是吃洋饭的。裕恩永专卖日用杂品，洋酒、洋罐头摆得琳琅满目，件件都是进口货，价钱高得惊人。益昌祥绸缎店瞅准了小白楼一带白俄女人的审美眼光，专进大花格的绸布料，销路好得出奇。澡堂子在小白楼也变出新鲜玩意儿了。天香池三层高，从底到顶一天到晚水流得哗哗的。下边开着大池子，上边三楼雅间，特为男女合浴设计了一种对盆，又新奇又刺激，引逗得有钱的主儿脚跟脚往里拥，连一根针的买卖都叫小白楼的商铺做绝了。天香室的经理曹天佑是个上海人，精细，他店里卖的针全部由德商世昌洋行进口，根根货真价实。小白楼做西服的裁缝多，买针买线必到天香室，把个针头线脑的小店叫嚷得全津城闻名。有了好针线，还出好裁缝。出天香室不远，有个江夏里，住着位宁波裁缝何庆昌，做出西装来英国绅士派头十足，英租界工部局的巡捕制服年年由他包做。天长日久，人也有英国绅士派头啦，出门坐包车，胶皮车跑在小白楼人挨人、人挤人的大街上，连英国巡捕见了都会行礼。

住在小白楼的洋人里边，犹太人最多。这

油画《弘一法师·李叔同》（孙建平作品）

李叔同一生谱写了叹为观止的旷世传奇，僧俗两界，有口皆碑。曾在天津度过六载童年时光的张爱玲，如此感叹：“不要认为我是个高傲的人，我从来不是的，至少，在弘一法师寺院围墙外面，我是如此谦卑。”学贯中西的大作家林语堂，也对弘一法师推崇备至，认为“李叔同是我们时代里些犹太人又几乎全是阿什肯纳兹，从俄国或东欧来。人在克森士道、狄更生道和海大道上走，满街俄文招牌，俄国饭店、商店、服装店、食品店、美容店，俄文字母伸着长腿往行人眼里跳。行人呢，蓝眼睛白皮肤，张嘴一说话，舌头打嘟噜。住得久了，谁跟谁都认识，走在马路上，打不完的招呼，“哈拉少，哈拉少”，透着那么熟络亲切。冬天，天气好的时候，犹太女人就将毛线活儿端到家门口，一边织着毛线一边跟对门的犹太主妇高门大嗓地聊天。犹太小孩儿在胡同里滚铁环，一不小心，铁环滚到马路上，胡同里立马蹿出一条狗，叼起铁环，在马路当间儿摇头摆尾。犹太老头儿老婆儿蹲在太阳地儿里，仨一堆儿，五一伙儿，晒着太阳打盹，在梦境里寻觅往日时光。

犹太人走到哪儿，生意就做到哪儿。犹太人开的买卖在小白楼一家挨着一家。顺着克森士道往东，沿维多利亚咖啡店墙根儿过一家呢绒店，高德飞经营的米高梅电影公司新电影的海报直往眼里跳，《人猿泰山》啦，《乱世佳人》啦。高德飞执掌着全天津电影园子的片源，他叫哪儿火哪儿准火，他不给谁饭吃，得嘍，那园子就得凉半年。这犹太人跟马场道上平安电影园子的老板是莫逆之交，平安整年放着米高最有才华的几位天才之一，也是最奇特的一个人，最遗世而独立的一个人”。

早年，天津的豪门巨富有“八大家”之说，“八大家”的繁华升腾皆与海运、粮业、盐务的发展有直接关系，其间的荣枯兴衰，可以反映出天津近代经济演变的历史路径。究竟是哪八家？由于年代久远，说法不同，有的版本提到“李家”。李叔同的父亲名世珍，字筱楼，曾中进士，在吏部做过官，后辞官经商，人称“筱楼公”，为津门盐商大户，时称“桐达李家”。但此“桐达李家”与“八大家”无任何关系。

筱楼公在六十七岁那年，由于长子早夭，次子体弱，为续香火，遂纳十九岁的王氏为侧室，次年生下一子，即李叔同。他在伯仲叔季中排行老三，小字三郎，幼名成蹊，学名文涛。老来得子，筱楼公自是欣喜不已。

那时“桐达李家”，宅邸气派，景象繁华，说李叔同自小锦衣玉食，家境优渥，也是事实。

梅的新片，凡新片来了得平安放得不待见放了，才往全市批发。小白楼单去那儿掐尖尝鲜的。狄更生道上，布夫曼开了个莎卫饭店，专招待洋人吃饭住宿，洋人好出双入对，洋女人再打扮得出格点儿，叫天津老爷们儿心跳。阿勒舒列尔在小白楼尽西头董事道上开了家远东水酒公司。冬天刮西北风，顺风刮过来伏特加的味道，摇晃得小白楼跟醉了赛的。行人缩脖耸肩，越冷，那伏特加味儿越往心里钻。天气渐暖，风向一转，阿勒舒列尔的伏特加味儿立马被瓦西里熟食店的腊肠味儿赶得无影无踪。瓦西里熟食店在小白楼尽东南，狄更生道跟海大道交

民国时期天津街头的犹太人

多年后，李叔同曾在一首题为《忆儿时》的歌词里，描述过童年往事：“茅屋三椽，老梅一树，树底迷藏捉。高枝啼鸟，小川游鱼，曾把闲情托。”景态、物态、小儿态，跃然纸上。

筱楼公很有些慈善意识，常在粮店街一带赈济百姓，施舍衣物，有“粮店后街李善人”之称。这种乐善好施的慈悲心肠，不能说对李叔同没有影响。李叔同四岁时，父亲患病辞世，母亲只有二十四岁，孤儿寡母，节妇禁多，凄凉之状，可以想象。只是“桐达李家”在二哥李文熙的掌管下，家境依然富贵。二哥很注意弟弟的教育，加之李叔同天资聪颖，很早就显示出一种在繁华中自律的能力。

李叔同十七岁那年，由母、兄做主，娶南运河芥园一带的俞姓女子为妻。家中老保姆背后议论，李叔同属龙，俞氏夫人属虎，“龙虎斗”的命相，很难长久，竟被言中，小夫妇婚姻，仅维持了七八年。

口，店门大开，里边辣肠、干肠、莫斯科硬肠，压得柜台颤，红嘟嘟，油汪汪，勾人的眼，吊人的胃，叫人想走也挪不动步。紧挨着熟食店，多比立宁娜小姐开了个戏曲学校，芭蕾舞、钢琴、唱歌样样教，专门培养名门闺秀，满天津有钱人家都往那儿送女孩儿。宝格凡诺娃开的学校叫摩登跳舞学校，一听这名儿就知道不是闺秀们待的地界儿。那儿人杂，学校专门教跳交际舞，常有洋阔少混迹其中。还有一位卡普利特斯卡娅小姐，她在克森士道上开的理发店台面就大得多，化妆师、修指甲师、理发师、烫发师，一应俱全，清一色洋姑娘，做了店里的活儿，还承揽店外的活儿，姑娘们进出利顺德、泰莱、皇宫这些大饭店，仿佛平蹚水儿，跟进自己个儿的卧房差不多。活得老到精深的天津人，看这些姑娘举手投足大气样儿，就说，保不齐这里藏龙卧虎，真就埋汰着几个犹太富翁的小姐。

小白楼讲俄语的还有白俄，俄国十月革命时跑到中国的，失了国籍，被天津人称为“白俄”，以区别苏维埃的“红色”。携带了金山银山，跑来小白楼的白俄，天长日久，也就挥霍得河枯海干了，落得五冬六夏提篮小卖，卖面包、卖胰子、在民国天津，几代同堂的大户家庭并不少见，但更多的，还是普通市民的烟火岁月，此为城市的世俗生态，也是天津文化的重要载体。

维新变法那年，李叔同十八岁。他赞同康、梁“老大中华，非变法无以自存”的主张，曾私刻一枚“南海康君是吾师”的印章，表达心迹。变法失败，康、梁逃亡海外，“六君子”被杀，李叔同被当局视为逆党，为避祸，只得偕眷奉母，匆匆离津赴沪，远走他乡。

作家选材，很类似“小径分岔的花园”。截取底层生活，以历史为骨架，结撰人物，连缀故事，是“以史为体”一类小说的操作策略。

精于此道的天津作家不在少数，宋安娜的《十城记》和王松的《烟火》分别撷取了天津历史的不同侧面，以作家浪漫的视角，讲述了天津的市井往事。

纵使海河水淌过千百载，生活在河两岸的人们仍能从中寻觅天津文化的不竭源流。

小白楼街景（程早摄）

卖牙粉，逮着什么卖什么，吆喝起来，一句俄文，一句中文，中文俄文都带着哭腔。还有那壮硕的，将三两条毛毯朝肩膀啪地一挂，也不吆喝，专拣行人稠密处来往，晃着肩，罗圈着腿，横着走道儿，那是骑马扬刀的主儿，如今只落得卖俄罗斯毛毯啦！就有四五顽童尾随，拍着手唱童谣：我本是个大老俄的国，只因我国实在是缺德，没有法子，卖胰子、卖面包、磨剪子、抢菜刀……

雅各布敲开小白楼每一户犹太人的家门。

他建造犹太会堂、医院、俱乐部的计划正在紧锣密鼓地筹措着。老拉比布隆斯基是他坚强的后盾。一个完备的犹太社区，怎么能没有会堂、医院和俱乐部呢？但要实现这个宏大的建设构想，他们需要大量金钱。雅各布召集了犹太公会所有理事，制订出三年间的筹款计划，其中包括组织每一位犹太主妇义卖，邀请每一位犹太乐师举办义演。老拉比则在安息日向每个犹太人募捐，说请为犹太人的灵魂家园出一份力，请为犹太人的快乐出一份力，请为犹太民族的繁衍出一份力！

节选自《十城记》，作家出版社，2014 年具有家族史规模的长篇小说，宋安娜的《十城记》可算一例。中国现代小说中的家族叙事——“三兄弟”叙事模式曾引起学界关注。比较著名的，有巴金的“激流三部曲”《家》《春》《秋》，老舍的《四世同堂》，路翎的《财主底儿女们》等。宋安娜埋首十年，数易其稿，充分利用了文学的虚构权力，写了中国人、犹太人、日本人三位男士及各自家庭的命运起伏，小说架构跨国界、跨年代、跨种族、跨文化、跨民俗、跨信仰，时间、空间不断转化，登场的有名有姓的人物就有百余位，其中能给人留下深刻印象的不下二十位。

19 世纪下半叶，相继有英国、法国、美国、德国、日本列强在天津开设租界。1900 年 7 月，八国联军攻陷天津，俄国、意大利、奥匈帝国、比利时又进来，便有了九国租界，加上老城区，故谓之“十城”。天津人崇文尚武，民风独特，底蕴厚重，很难被外物、外力同化，便有了《十城记》里的故事。

宋安娜

我觉得天津的善良不是个别人的，比如谁救了谁的命，而是“二战”时期整片土地给了犹太人生存的空间。犹太人与天津市民的联系很普遍，比如说逢年过节，他们到天津人家里过中国节，天津人也到他们家里祝贺犹太节日。犹太人对天津有感情，是因为天津的善良给了他们像母爱一样的包容，天津成为他们的第二故乡。

——宋安娜

《十城记》由“风”“雨”“雷”“电”四大板块构成。方志、民族、宗教、异域文化、本土民俗、情爱伦理，内容信息量丰富庞杂，叙事吞吐量大，行文中既有扎实的传统叙事，也不乏飘逸的诗性描写、灵动的工笔处理，这也正是史诗品格的某种艺术表征。作品中有相当一部分篇幅，是对天津犹太人生活社区的摹写，这成为《十城记》的特异性之一。不了解天津，或者对天津仅一知半解的创作者，很容易在写作中陷入“盲人摸象”的片面泥淖。但宋安娜在旧租界区居住达四十年，对天津老城厢原生态也不陌生，讲述“十城”的来由与变迁，得心应手，如数家珍。

《烟火》的问世，意味着王松完成了一次深具悲悯情怀的精神返乡之旅。王松的祖籍不是天津，但他很“喜欢”，乃至“热爱”这座城市，就是因为天津文化拥有多元性、包容性。天津的百年兴衰，堪称中国近现代史的一个“标本”。小说《烟火》涉及不少历史事件，诸如义和团运动、天津起义、老西开教堂事件、五村农民抗霸、壬子兵变、白河投书、“一二·九”

运动以及抗日战争和解放战争。小说的故事视角都是从南市侯家后蜡头儿胡同的老百姓眼光出发，这些场景和信息星散在不同人物的命运走向中，悄然生灭，顾自荣枯。

王松找到了自身与这座城市的共同点和契合处，不动声色地把小说“做旧”，大道至简，静水流深，将大量“碎片式”细节，整合为具有人文价值的情节与结构，写出了老天津原汁原味的市井悲欢，三教九流、五行八作、烟熏火燎、红尘弥漫，写得密实、厚重而又不失精致、细腻。

王松的《烟火》具有浓烈的天津地域文化气息，城与人在故事中互相攀扯着、勾连着，一幅老天津胡同景象鲜活地成形了，散发着冷暖人间的烟火之气。

《烟火》人物图（叶祖茂绘）

把传奇写成日常生活，掌控文字的能力是基本的，但同时，更需要写作者具备洞察和解码人性秘密的本事。《烟火》的写作，显示了王松以叙述取代描写的美学自信。对于现代小说，叙述比描写更具难度，将司空见惯的“描写”转换为筋道、紧凑的“叙述”，可以事半功倍，张力大增，大大节省了字数和篇幅，同时饱满瓷实，味道醇厚。

《烟火》开篇“垫话儿”，不卖关子，也不翻着跟斗要“碰头彩”，而是一板一眼地介绍了胡同的来历，“蜡头儿胡同再早不叫蜡头儿胡同，叫海山胡同。当初取名的人眼大，心也大，想着这地界东临渤海，北靠燕山，一条胡同也要有个气概；叫‘蜡头儿’，是尚先生搬来以后的事儿”。胡同里的人活法多样，归宿多样，使出浑身解数活下去，是老百姓的本能追求。

从形态上看，《烟火》貌似“土得掉渣儿”，实为很有讲究的家族小说。这里的人物哪里都会有，王松把他们本土化了，其音容笑貌、举手投足，带着明显的天津文化印记。给人印象最深的人物还是来子（牛全来）。这位天津汉子处事稳重大气，做事机敏干练，为人宽仁厚道，这一切，得益于老天津的文化滋养。用文中狗不理包子铺高掌柜的评价，“来子他爸是迂，他妈是暴，这两人单拿出来，哪个也做不了买卖。可合到一块儿，取长补短，也就成了现在的来子”。

长期以来，天津地域文化给外地人的普遍印象趋于世俗，在一些电影、电视剧中，天津人出演的角色，不是汉奸、伪警察，就是地痞、混混儿，有些小品娱乐类节目喜欢用天津方言找乐儿，这与一些不明就里的创作者误解天津文化有关。《烟火》是对这类误区与偏见的反驳，从某种意义上说，起到了为天津正名的作用。

王松大学本科读的本是数学专业，毕业后跨行写作，很有起色，却赶上了经济转型的躁动年代。他一度迷茫，成了“京漂”，混迹于浮华、喧嚣的京城影视圈，终日与灯光、摄影棚，与烟雾、酒精相伴。四年浮躁生活后，他回到津城，回归文学，未料因突发脑血管栓塞而猝然昏迷，幸与死神擦肩而过。王松从此珍爱生命，锻炼身体，视写作为生命存在的意义，写出了海量小说，成为最为活跃的中国现象级作家之一。

史诗气象的小说、全息城市图景的呈现，对于雄心勃勃、拒绝流俗的作家，永远具有诱惑力。有这些兼具才气与勤奋的作家的不倦书写，天津的传奇故事方能原汁原味保存。

HOW TO READ TIANJIN

05 五大道的岁月镜像

朗园

赵　玫

在一座海滨城市铺满碎石的麦达林道上，有一片殖民地时期留下来的洋房。那些风格各异的房子至今已经有近百年的历史了，但却依然完好无损地保持着那种高傲而优雅的异国风情。

麦达林道曾是租界区内最主要的街道。路两旁栽满伸展着浪漫枝干的法国梧桐。现在，连那梧桐的懒散的绿荫也已年深日久，而就在那片绿荫的深处，有一个美丽的别墅叫朗园。

朗园是一处很多年前由一个有钱的中国老爷在租界区仿照欧洲风格建造的房子。据说建这房子同一个雍容大方的女人有关。朗园的砖墙是青灰色的，而屋顶尖尖，红色，像童话中的某个地方。朗园有两层房间、一个地下室和一层阁楼。在近百年的历史中，住过很多代不同人物的朗园，最终只属于一个人，一个女人，一个最后的女贵族。

在离朗园不远的地方，顺着一条叫马场道的街道向前，有一个很幽深也很宁静的花园。这里曾经是在华发财的英国人的俱乐部，英国相对于天津卫的历史，外国租界在天津存在的时间并不悠久。

天津的南京路原是一条人工河。1860年，为抵御英法联军进犯天津，清军统帅僧格林沁命令挖河，挖出的泥土堆筑在河岸内侧，形成濠墙，故取名“墙子河”。庚子之乱后的1903年，英租界越过墙子河向南扩展，那时的五大道，还是城南的一片坑洼塘淀，上面零零散散立着一些窝棚式的民居，被称为“二十间房”“六十间房”“八十间房”，被划入“推广界”，并划定了二十三条马路。

天津被迫开埠，无疑是丧权辱国的标志，正如已故天津文史学家张仲认为的，“表面上看，‘开埠’‘通商’这些中性词毫无恶意，实际上掩盖不住内中的不平等关系……其实质，开埠与通商，就是‘侵略’得以合法化与公开化”。只是历史蹒跚地走到这一步，封闭的疆土被打开，意味着传统城市模式的的绅士们称它为维多利亚公园。公园里的一处叫戈登堂的地方，其实就是英帝国的领事馆。那房子古典森严，气魄非凡，而通向戈登堂的马场道则是英国人赛马的跑道。

朗园的另一端便是美国人的地盘了。来自只有简短历史的美国的侵华者，最使他们骄傲的就是他们创建的基督教派美以美会。这个传教会的势力很大，它的触角扩张到中国的各个角落，基督的精神无形地渗透着。已来此传教多年的S牧师终于在麦达林道边买下了十二亩空地，修建了维斯理教堂以及教会的学校和妇婴医院。美国人是以文化侵略者的姿态在麦达林道上立足的。来此礼拜的信徒越来越多，而S牧师仿佛就是慈善与爱的象征，他代表了一切，他就是美国。

有关朗园的故事，是一个叫覃的女人精心制作的一本书。覃很美丽，又显得忧伤。覃是个经历了很多磨难而又始终不肯放弃自己的女人。但她生活得却并没有什么光彩。她曾误入歧途，在经商的浪潮中做了一名女经理。但是她很快意识到自己的幼稚，于是急流勇退。她以一句古话为自己开脱，“不

五大道民园广场（程早摄）

以成败论英雄”。覃很美好，更多地想到和关切的是别人的事情，尽管她的头脑里有时出于不得已也会冒出来一些非常卑劣的想法，但她最后总还是战胜了它们。覃不是诗人。那个女诗人叫嵇林静，她离开朗园住到太平洋的另一岸去了，在澳大利亚的布里斯班。布里斯班是一个美丽的小城。女诗人把她的位置忍痛让给了覃。

覃接受了，并终于成了她终生都在爱着的那个男人的妻子，但是覃似乎并不十分快活。人生的恩怨就是如此。覃在获得了这一份命中属于她的幸福之后，突然感到了一种无血无肉的空虚。她一天接着一天地在黄昏的麦达林道上散步。她踩着这条铺满碎石的古老的街道，看陷在火红落日中独立支撑着的古堡一样的朗园。覃于是惭愧地彻悟了。她不再争强好胜去一心做那种名垂于史的女伟人。覃终于明白，当她已经步入中年之后，她便应当退到幕后了，她应当生活在另一种血肉中。

覃开始寻求精神的家园。

覃说这精神的家园对她来说只有一个，那就是朗园。

覃因此理解了她白发苍苍的母亲，理解了一个从旧时代走过来的真正女人，理解了这个朗园的女主人。

悄然解体，天津不自觉地被推入了近代社会的运行轨道。随即，生活潮流改变了天津城市的脉搏，也改变了世界对天津的固有印象。

火车、电报、邮政、电话、电车等，都是在天津发展，逐渐走向全国的。

英租界扩大“推广界”的效应不断外溢，其他租界纷纷效仿，竞相扩张各自的管辖范围。最高峰期，租界总面积约为 23350.5 亩（约 15.57 平方千米），是天津老城区的八倍。其中英租界最大，达 6149 亩（约 4.1 平方千米）。1902 年，袁世凯接管天津后，开发了海河以北地区，使之与老城区和城区东部、南部的租界区连接，形成天津城市中西并存的新格局。尽管大大缩小了差距，天津城区面积的总和，仍只是租界区的三分之二。

辛亥革命后，中国时局动荡加剧。这时候，享有“国中之国”特权的天津租界，成了躲避风头的好去处，加之天津因得地理、交通、海关之利而充满商机，引来不少名人这女人一生都在打仗。灵魂的仗、情感的仗、物质的仗、生存的仗，还有，关于朗园的仗。覃永远不会忘记这个白发的女人站在摇摇欲坠的朗园屋顶上，喊出要与朗园共存亡时的那一番情景，那一番绝望和悲壮。但朗园还是倒塌了，成了碎石和瓦砾，就像那个女人早已破碎的心。

覃一个人孤零零地站在麦达林道的绿荫下，遥望着已成为废墟的朗园，一种怀旧的伤感浅浅淡淡地向她袭来……

节选自《赵玫作品集·朗园》，百花文艺出版社，2005年

北疆博物院旧影（位于马场道）

政要来此安居，一时演为风尚。以至于从晚清到民国，事件迭出，人物穿梭，各种操作，令人目眩。租界如同港湾，看似平静，却时有暗流涌动。

以长篇小说的形式，处理发生在租界区的种种人生困局，赵玫携《朗园》异军突起。长篇小说写作，最能考验作家把握小场景、小悲欢、小细节的技术水平。《朗园》讲述了发生在英租界的一个落满岁月风尘的惊悚故事。

朗园的第一代男主人，是一位民国时期的金融大鳄，书里称"老爷"。他亲自选址，仿造欧洲风格建造了一栋别墅。表面看来，"朗园很幽静，有宽敞的院落、精致的回廊、大理石的雕花的廊柱、尖顶的阁楼，还有一个典型的欧洲喷水池，而水是从亚当和夏娃的石雕像中喷涌出来的"，但这不是流年岁月的常态。更多时候，"树欲静而风不止"，整整大半个世纪，朗园被卷进了莫测的历史风雨中，成为几个不同家庭的"巢穴"，在时光流逝中，"不幸的家庭各有各的不幸"。

赵玫

对所有作家而言，其生活的环境，无疑会为他们的作品涂抹上独特的地域色彩。这种积淀，无论是对他们的思考、写作，还是表达方式，都会烙下深深的印记。所以我一直觉得，我们在情感上，须臾也未曾离开过我们生活着的这座城市。这对天津作家的精神与气质塑造无比重要。她六百年的悠久与沧桑，已然渗透到我们的血液里，镌刻在我们的灵魂中，甚至形成了我们看待世界的独特目光。

——赵玫

在这栋别墅里，观念对峙，爱情扭曲，生意不顺，骨肉相残，在全书中都有令人惊悚的描写。

谁能料到，在重新规划的城市布局中，朗园化为乌有，真正成为历史遗迹。从此，朗园变成了传说，再后来，就如同从来不曾存在过。未来，无论是朗园主人的后代，后代的后代，还是到此一游的匆匆过客，对这里发生过怎样的故事，都会一无所知。

赵玫以特有的闪烁、跌宕、斑斓的诗性句式，讲述了曾经住在朗园里的三户人家及其几代人之间的恩怨情仇，并赋予其浓重的象征意味。“有关朗园的故事，是一个叫覃的女人精心制作的一本书。”覃是一家公司的女经理，其母是过往年代一位金融寡头大家族里的遗孀，也是这个家族最后一位女贵族，在爱的忍耐中，一直守护着视为信仰的美丽秘密。随着 20 世纪 90 年代的社会转型大潮席卷而来，精神与物质的相撞、理想与现实的对决、两性思维差异的不容，搅在一起，不可收拾。后来，朗园里还发生了一场

"谁是真正的贵族"的隐秘角逐。所谓"贵族"的封号，源于与社会学、人类学、伦理学有关的血统意识形态，而"谁是真正的贵族"这一追问始终不会有令人信服的答案，这是时代之问，命运之殇。

进入20世纪80年代中叶，文坛表现出了宽宏胸襟与豁达气象，这使得"非主流"女作家如赵玫者，有了一显身手的用武之地。1993年，赵玫开始"涉足"长篇小说。这对于擅长于优雅调式而不是结构完整故事的她，无疑是一个全新的挑战。此时中国的长篇小说写作，大致分化出两条泾渭分明的流向，一是止于故事层面的写手，一是炫耀叙事技法的巧匠。这两者都不能定义也不适合赵玫，她是一位语体风格卓尔不群的作家，必须要用自己的方式才能完成小说叙事。

童年时，赵玫的家住在市郊，她每天都要穿过一条小河和一片法国公墓去上学。"我从不惧怕墓地，我甚至喜欢墓地，对那里的草木充满了一种梦幻一般的迷恋。我想那就

达文士楼，马场道上的第一幢小洋楼（田同芬绘）

是因为我是在墓地旁长大的，是墓地的文化养育了我。”赵玫承认，天津这座城市对自己的写作影响深刻，她总是能从中读出大气和洋气，读出东西方文化的碰撞与融合，并感慨，“除了上海，中国没有任何一座城市像天津这样包容着那么多国度的文化”。赵玫的小说数量繁多，领域不一，且具有明显的叙事辨识度，是天津作家为中国文坛奉献的一片别样景色。

在中国北方，天津的小洋楼和北京的四合院，相提并论，为人熟知。1918年，日本作家谷崎润一郎来天津，不禁惊叹，感觉“走在天津城里最气派、最整洁、最美丽的街区，令人

天津西开教堂（程早摄）

仿佛来到了欧洲的都会”。这里说的带有欧洲风味的“都会”，主要是指今日和平区的五大道区域。

天津的马场道、睦南道、大理道、常德道、重庆道及周边街区，一直是天津乃至中国保留得最为完整的洋楼建筑群。

五大道的建筑面积达到一百多万平方米，有大量的英、意、法、德及西班牙式建筑，还有众多文艺复兴式建筑、古典主义建筑、折衷主义建筑、巴洛克式建筑、中西合璧式建筑，人称“万国建筑博览苑”。

“五大道”名称的由来，说法不一。可以肯定的是，这个区域的概念形成，是中华人民共和国成立后的事儿，与清末或民国没有关系。这里千姿百态的老建筑，不仅具有非凡的观赏价值，其背后还隐伏着许多鲜为人知的神秘往事。

过去说起天津租界，便会想到形形色色的寓公，这是民国时期一种特殊而有趣的现象。那么，租界里曾住过多少寓公？这些寓公的名头有多大？这样说吧，仅仅曾位尊北洋总统的，就有袁世凯、黎元洪、冯国璋、徐世昌、曹锟诸位，他们在这里都拥有不止一处豪宅。至于有头有脸的清代遗老、民国政客，就不用一一细数了。

转眼间，百年逝水滔滔而去，这片昔日的坑洼塘淀，如今已成热闹红火、人来人往的旅游景点。

笔者曾陪着外地朋友，多次走进庆王府游览，并几度恍惚，似有时光穿越之感。这套超级大宅位于五大道，具体讲，坐落在重庆道 55 号。大宅的主人，最初并不是庆亲王载振，而是慈禧太后的宠臣兼大总管小德张。其前因后果、来龙去脉，在航鹰、刘悦的《清宫的门缝儿》一书中，做了详尽、周密且趣味横生的展示。

小德张原籍天津静海吕官屯，十五岁入宫，因聪明伶俐、勤奋实干而被慈禧太后赏识，权倾一时。1913 年，裕隆太后去世后，他离开紫禁城，回津在英租界做寓公，深居

庆王府（田同芬绘）

简出，不问政事，最大的爱好就是建筑设计。早在宫内时，他就对建筑设计和工程实施表现出极大兴趣。回到天津，心无挂碍，他开始在建筑领域大显身手，留下三所各有特色的豪宅，皆具文化遗产价值。

小德张的第一件建筑杰作便是庆王府，他仅在此居住了三年，便让渡于载振。这栋建筑中西元素巧妙融合，天衣无缝，即使身处五大道建筑群中，也有丝毫不逊其他洋楼的风采。他设计施工的第二栋建筑位于今河北路与洛阳道交口，是西北军阀马福祥的公馆，老天津人称之为“马家楼”。第三处豪宅位于今湖北路，也是一所大气新潮、中西合璧的庭院式超大公馆，小德张倾注心血，亲力亲为，一家人在这里居住了整整二十年。航鹰由此结论，“小德张是清宫熏陶出来的建筑设计师”，并不为过。

《清宫的门缝儿》图文并茂，生动传神，令人大长见识，同时也尽享阅读快意。这是一部趣味盎然的非虚构作品，作者用轻松俏丽的文笔，对历史进行勘探和反思。航鹰希望这部书可以达到滴水映日的观史效果，“在清王朝最后的时光，就是他们，曾奋力把沉重的宫门推开了一条细缝儿，放进一缕朦胧的晨光，吹进些许现代工业文明的新鲜气息”，应该说，作家的意图已经实现。

宋安娜的《神圣的渡口——犹太人在天津》，也是一部颇有影响力的非虚构作品。2001 年，宋安娜开始探寻犹太人在天津的历史，竟发现天津人对此的认知几乎是一片空

戈登堂旧影

白。就像作者在书的后记中所言："这是一段沉没的历史，像海底沉船，深埋在岁月的波涛之下。犹太人在天津有一百多年的生存经历。这是一群逝去的人群，如旷野飞絮，散落于遥远的四面八方。"

于是，宋安娜开始了一场从零开始的远征。

犹太人进入天津，历史上规模比较大的有三次。第一次是在1860年，天津被迫开辟通商口岸，欧洲各国商人大批拥入天津，其中就有犹太人。第二次是1917年，俄国爆发十月革命，成批的白俄人从东北转道来到天津，其中就有不少犹太人。第三次在"二战"期间，大批东欧犹太人因躲避德国纳粹的迫害辗转来津，建立社区，安居于此。

天津敞开怀抱，接纳了这些漂泊的人。据 20 世纪 30 年代末美国出版的《犹太年鉴》记载，1935 年，在天津的犹太人已达三千五百人，是犹太人在天津人数的最高纪录。

得到各方支持，宋安娜与现居以色列和美国的一些犹太人建立了网上通信联系，他们中的部分人，其童年、少年是在天津度过的。他们深深感恩，视天津为第二故乡，自称“天津犹太人”。

宋安娜曾手捧两大本《天津市新旧门牌对照簿》，一次次现场核对。那两大本门牌对照簿，是天津市公安局于 1986 年 12 月编录的。斗转星移，能够原模原样保存下来的门牌号码寥寥无几，一些院落或荡然无存，或面目皆非。经过艰难地寻访、比对，最终她还是大致理出了头绪：近五十条纵横交错的街道，跨越三国租界，形成了规模可观的犹太人聚集区。街连街，门挨门，许多门牌号码首尾相接，可以看出当年犹太人在津的密集居住状态。

此书意在揭开尘封已久的岁月真相，宋安娜觉得，为让这个“神圣的渡口”不再成为天津历史的盲点，自己的付出很值得。

建成于1940年的天津犹太教堂见证了犹太人在天津生活的岁月，天津敞开胸怀接纳了这些无家可归的人。

天津犹太教堂旧影

HOW TO READ TIANJIN

06 不再尘封的红色记忆

潜伏

龙　一

余则成的日常工作是汇总、分析军统局天津站在华北各个组织送来的情报，其中多数是有关中共方面的，也有许多是关于政府军和国民党军政大员的，五花八门，数量极大。他必须得把这些情报分类存档，并将经过站长核准的情报送往刚刚迁回南京的军统局总部。除此之外，他还必须将这些情报中对中共有用的部分抄录一份，通过联络点送出去。

他的另一项主要工作是替站长处理私人财务，这也是个十分复杂的任务。天津光复后，军统局是最先赶回来接收的机构之一，为了这件大事，局长也曾亲自飞来布置接收策略，并满载了整整一架飞机的财物飞回南京。站长在这期间的收获也极大，但他毕竟是个有知识有修养的人，不喜欢那种抢劫式的方法，便主要对银行业、保险业和盐厂、碱厂等大企业下手，但对企业进行改组、重新分配股权等工作极为复杂，很费精力和时间，他便把这些事儿都交给了余则成，而他自己则一心一意地去深挖潜藏在市内的共产党人，手段极为冷酷无情。余读懂天津，一定要读懂海河，读懂海河上的桥景桥韵。

天津依傍的海河，弯曲有致，水量丰富，渡口众多。这便有了大大小小的桥。桥的作用，妙不可言。人们在桥上走过，仰天俯水，远眺两岸，类似卞之琳《断章》一诗所营造的意境。不经意间，那流水、那桥面、那风中岸柳、那河边楼中的观景人，连缀如画，互为镜像。沉入月下星光中的桥，更可以装饰人的斑斓梦境。

桥下流过的是河水，也是逝水，不舍昼夜，永不停歇。这时候，往往会使人触景生情，沉浸其间，往事历历在目。

海河上的诸多桥梁中，最特别的是金汤桥。它的造型透着浓浓的民国风尚，又不失现代气息。这座桥的诞生，早于民国。清雍正年间，随着人口增多，城区扩大，各种贸易来往频密，两岸建桥的事便显得越发迫切。1730年，经各方筹款，在位于老城厢东门外的海河岸边，一座横跨海河的浮桥诞生了。

则成曾几次提请组织，要求让他对站长执行清除任务，不想却受到了组织上的严厉批评，说他现在的价值远远超过杀死站长数百倍，不能因小失大。

由于他的工作量极大，很劳累，胃也不好，身体在不知不觉间便越来越差。翠平看着他一天比一天瘦，便提出来由她去送情报，给他分担一点儿负担。他问："组织上当初是怎么给你交代的？"她说："组织上知道你一个人忙不过来，就想重新建立单线联系，让你写，让我送。"他又问："你知道为什么会选中你吗？"她说："知道，组织上说，一来是因为女学生们都到延安去了，一时找不到合适的人；二来是因为我不识字。"

余则成听罢深深地点了点头，第二条理由最重要，组织上考虑得比他要周全得多。但是，他仍然不同意由翠平代替他去送情报，因为这项工作太危险，如果被抓，他的军统身份可以暂时抵挡一阵，能够争取到撤退的机会，但翠平却没有这机会，而是只有一条死路。

翠平许是看出了他的心思，便有些生硬地说："我被抓住也不会连累你，我的衣领里缝着砒霜哪。"他只好笑道："你是我太太，站这座桥，最初由十三条木船连接而成，木船上铺设木板，当时叫盐关浮桥，又叫东浮桥。1906 年，有轨电车在天津开通，其中一条线路，需要通过东浮桥到老龙头火车站（现天津站）。于是，由天津海关道、意租界领事署、奥租界领事署和比利时电车公司共同出资，将东浮桥改造为用电力启动开合的钢梁铁桥。此桥全长 76.4 米，桥面宽 10.5 米，总面积 8022 平方米，中间辟出 4 米铺设单轨电车道，桥梁下部结构为实体墩身，分为三孔，桥身可以电力平转式开启，至今仍是国内仅存的三跨平转式开启钢结构桥之一。

东浮桥从此改称“金汤桥”，取“固若金汤”之意。

电影《大决战》中的一些镜头，就是在金汤桥拍摄的，它再现了一段逼真的史实。如今桥两岸是“会师公园”，东岸是解放军战士奋勇杀敌的现场定格，西岸为战役告捷后众官兵高举红旗的“会师”场景。桥的东西两端，绿地呈放射状，托起几组雕塑，以实物姿态重长的干女儿，抓住你必定会连累我。”翠平当即怒道：“你这样婆婆妈妈的，是对革命同志的不信任，依我看，你根本就不像他们说的那么英雄。”从此后，一连几天翠平不再与他讲话，每日无聊地楼上楼下转悠，但抽烟还是到阳台上去，用那块文徵明的端砚当烟缸。

余则成心想，这便是他第一次望着她时，在她眼神中发现的那股子执拗。她是个单纯、不会变通，甚至有些鲁莽的女人，但是，他相信她一定很勇敢，会毫不犹豫地吞下衣领上的毒药或拉响那枚攻坚手雷。为此，他对她又有了几分敬意。

然而，此后不久发生了一件事，让他发现，对于他的安全来讲，翠平的存在甚至比老马还要危险。

1946 年 8 月 10 日，马歇尔和司徒雷登宣布对国共双方的“调停”失败，战争即将全面爆发。在这个时候，军统局天津站的工作一下子忙碌起来，余则成一连半个多月没有回家。到了 9 月 2 日，国民政府军事委员会的《国军在华北及东北地区作战计划书》终于下达了，与此文件一同送来的还有晋升他为中校的委任状。余则成这几年的工作确实非常出色，不论是对于中共党组织，还是对于军统局，所以，现了士兵冲锋、手擎火炬，与坦克、野战炮、碉堡等组成的画面，给人以身临其境之感。

1949 年 1 月，东北野战军在天津投入五个军二十二个师，总计三十四万人的兵力，从东、南、西三个方向同时向国民党城防发起总攻。当时，凭借天津城水网交错，地形复杂，易守难攻，驻守的国民党军队拒不接受“和平解放”方案，企图把天津建成“固若金汤”的“环城碉堡工事”。根据天津市区南北长、东西窄的地形特点和守敌布防情况，指挥部制定了“东西对进，拦腰斩断，先南后北，先割后围，各个歼灭”的方案，组织两大兵力实施夹击。1 月 15 日拂晓，野战军完成会师，金汤桥也成了天津解放的第一见证。

如此可以说，在天津，无论是建桥的资历，还是在解放战争上的贡献，“金汤桥”堪称真正意义上的“解放桥”。

得到晋升是意料之中的事。

他将文件替党组织拍照后，便将原件给站长送了过去。站长一见挺高兴，说：“工作终于告一段落，咱们总算可以松一口气了，晚上带你太太来我家，让那孩子认认义母，你也顺便给大家伙儿亮一亮你的新肩章。”

历史不能止于远眺，
深入进去，就会有不凡的
发现。

金汤桥（田同芬绘）

于是，他急忙给家里打电话，是老妈子接的，翠平虽然来此已经几个月了，但仍然不习惯电话、抽水马桶和烧煤球的炉子。他让老妈子转告太太，说晚上有应酬，让她将新做的衣服准备好。他还想叮嘱一下让翠平弄弄头发，但最后还是决定回去接她时再说。这些琐事都是他们日积月累的矛盾，不是一时半会儿可以解决得了的。

果然，等他回到家中，翠平还蹲在阳台上抽烟袋，他安排的事儿一样也没做。老妈子在一边打躬作揖地赔不是，说："太太这些日子心情不好，先生您要好好说话。"他不愿意被用人看到他们争吵，不管老妈子是受命于军统局还是中共党组织，这些事被传出去都只会有害无益。

他努力让自己平静下来，对翠平说："晚上站长请你去见他太太，需要穿得正式一些才好。"

站长虽然在本地安了好几处家，但始终与原配太太住在旧英租界常德道1号那所大宅子里，所以他对世俗的礼节非常重视，经常对手下讲，纲常就是一切，乱了纲常，一切也就都乱了。

翠平听见他讲话，便收拾起烟袋和"烟灰缸"，回到卧室，这才说："我不想去见那些人，天津的“红色”往事，最早可以追溯到民国初年。

周恩来与邓颖超青少年时期的觉醒与成长，均与天津密不可分。

1913年，十五岁的周恩来随伯父来津，考入南开学校。1917年，他东渡日本，寻求救国真理，行前留下“大江歌罢掉头东，邃密群科济世穷。面壁十年图破壁，难酬蹈海亦英雄”的诗句，传唱至今。两年后回国，周恩来转入南开大学，成为五四运动中天津学界的领导者。

周恩来生前多次回忆天津，视之为自己“青年时代的故乡”。

邓颖超来津比周恩来还要早，当时还是个六岁的小娃娃，随母亲颠沛流离，辗转来津，十二岁考入直隶第一女子师范学校，在此地居住了十多年，自称是“半个天津人”。五四运动爆发那年，邓颖超只有十五岁，就和郭隆真、张若名等人组织他们明明是些杀人魔鬼，坐在一起却装得好像是一群小学校里斯文的先生，让我越想越恨，总忍不住要拉响手雷把他们都炸死。”

余则成只好说：“我跟你解释过许多次了，这是工作需要，是革命事业的需要。”

他必须说服翠平，这种应酬是无法推托的。军统局对属下的内部团结有着极其严格的要求，所以，不论是站长一级，还是侦探、办事员之类的下级人员，各种联谊活动以及私人之间的往来非常稠密。然而，翠平每一次参加这类活动，总是会给别人带来不快。当然了，她倒也没有什么特别的举动或言语，只是一到地方她便把那对粗眉拧得紧紧的，脸上被太阳灼伤的皮肤因为神色阴郁而越发晦暗。有人与她讲话，她也只是牵一牵嘴角，既没有一丝和气的神色，也没有一句言语。这与军统局所谓的“大家庭”气氛格格不入，特别是让那些因为丈夫参与接收而一夜之间浑身珠光宝气的家眷大为恼火，便忍不住回到家中大发牢骚，而这些牢骚的作用也已经对余则成的工作造成了极其不利的影响。

于是，他亲自动手替翠平拿出新做的印度绸旗袍、美国玻璃丝袜和英国产的白色高跟花了“天津女界爱国同志会”，自任执委兼讲演队队长。后来，她和外校学生周恩来、马骏等人组织了觉悟社。正是在这段岁月中，邓颖超和周恩来彼此欣赏，后来结为伉俪，相伴一生。

中国共产党历史上的多位重要人物，李大钊、张太雷、于方舟、刘少奇等，都曾在天津有过秘密工作的经历，在此献身大业。

1937 年七七事变后不久，数十架日军飞机盘旋于天津上空狂轰滥炸，对南开大学、南开中学、南开女中和南开小学等南开系列学校进行野蛮轰炸。不仅如此，日军百余名骑兵和数辆满载煤油的汽车，还闯入南开校园，疯狂纵火毁物。

日本侵略者何以对南开恨之入骨？就因为南开是一所具有爱国传统的学校，其办学理念，就是张伯苓坚持的“育才救国”思想。1931 年九一八事变后，张伯苓要求南开学生，将国耻“铭诸心坎，以为一生言行之本，抱永志不忘、至死不腐之志”。师生们立即组成了以张伯苓为主席的国难急救会，高举“毋忘国耻”“收复失地”的巨幅标语集会，声援抗战前线。

南开大学被毁后，学校大部分中共地下党员、“民先”（中华民族解放先锋队）队员分赴各地参加抗日。一部分教皮鞋，又从首饰匣中挑出一串长长的珍珠。余则成不怕危险，也不怕牺牲，然而，做这些事儿却让他感到极度的屈辱。他虽然从来也没有在心底埋怨过组织上对他不理解，但他有些埋怨组织上没有把翠平教育好。他正在从事的是一项极其危险的工作。在这个环境中，翠平显然没有给他帮上任何一点儿小忙。

在他拿衣物时，翠平一直深深地低着头，坐在床边生闷气，这时她突然说道：“你整天把我关在家中，根本就没有把我当作革命同志，更没有给我任何革命工作。”

余则成只能好言相劝，说：“你住进这所房子本身就是革命工作。另外，如果你想散心，可以出去玩嘛，抽屉里有钱，站里边有车，到哪儿去都行，干什么都行。”

“你是想让我跟你们站里那些阔太太一样混日子吗？我可是堂堂正正的游击队员。”翠平抬眼盯住他，黑眼珠在燃烧。

对于女人的反抗，余则成无计可施，因为他是个老实人，只好说道：“那么你看该怎么办才好呢？”

“给我工作，正式的革命工作。”翠平表现出当仁不让的勇气。

师随经济研究所和化工系迁至重庆，绝大多数师生则长途跋涉，南迁昆明，与北大、清华合组为西南联大。北京大学校长蒋梦麟是南开大学校董，清华校长梅贻琦毕业于南开中学。南开大学始终是西南联大的中坚力量。

经典歌曲《歌唱祖国》《没有共产党就没有新中国》皆出自天津。这两首歌，以其跨越时空、深入人心的巨大影响力，成为朴素而高贵的艺术丰碑，永远载入中华人民共和国辉煌的历史。在中国，凡是举行比较重大的活动，《歌唱祖国》永远不会缺席，其振奋人心的旋律响彻大江南北。

南开大学木斋图书馆

"你又不识字，而且……"余则成猛地咬断口里不中听的话语，转口道："现在正是党的事业最关键的时期，党要求你潜伏在这里，你应该很高兴地服从才是，因为，潜伏也是革命工作之一呀！"

从他进入军统局干训班开始，曾经有两年多的时间与党组织没有任何联系。那是一段痛苦不堪的回忆，他一边学习并实践对共产党人的搜捕、刑讯和暗杀，一边等待为党组织做工作的机会。因为经历过那么艰难的考验，所以他对翠平轻视潜伏工作的态度很不满意。他觉得，翠平之所以不能理解组织上的用意，主要是因为她不是知识分子。他这样想丝毫没有轻视农工阶级的意思，只是这种无知无识的状态，让翠平对党的革命理想和斗争策略无法深入理解。然而，他又确实不擅长教导翠平这样的学生，无法将党的真实用意清楚地传达给她，因为他是个老实人，只会讲些干巴巴的道理，而翠平脾气硬，性格执拗，最不擅长的便是听取道理。所以，虽然他们是革命同志，但却无法沟通革命思想。为此，余则成心中非常痛苦，而且是那种老老实实、刻骨铭心的自责。

节选自《潜伏》，百花洲文艺出版社，2009年天津红色文学书写的深厚传统，得益于孙犁、梁斌等前辈作家的丰富遗产和深远影响。

20世纪80年代的文学写作观念强调出新，“新”一度成了主调，但这个“新”，又往往被局限在“怎么写”的技术层面。如今看来，“写什么”更应引起重视。天津革命史中，发生在各条战线的火种传播、理想传递和浴血前行的故事，皆可进入叙事视野。年轻作家要做的是，赓续天津红色文脉，通过回望峥嵘岁月，接通现在，打开未来。

当代天津文学史中，致力于红色题材书写的作家大体有两类：一是以亲身经历为蓝本的前辈作家，如孙犁、梁斌、王林、孙振（雪克）、袁静等；一类是通过深入生活和采访获得素材，加以构思编排、想象虚构的后辈作家。对于后辈作家，这个领域远超个人阅历，他们也不可能穿越时空，唯有向时光深处勘探、挖掘，站在现代意识的高度再现革命历史风采。

龙一

真正的天津历史不单存在于历史事件中，还存在于生活细节中，比如时尚、生活趣味、人的思想等。天津文化有三块，租界文化、老城文化、移民文化，所以天津吸收了各种各样的东西，地域性质造就人的性格，就是通时达务，不较真，喜欢舒适地达到目标，如果不能舒适也会去拼。

——龙一

“60后”作家龙一，在革命历史、谍战等题材上用力甚勤，自带“流量”。在不懈的努力下，龙一相继推出《潜伏》《借枪》《代号》等小说，逐渐建构了一个初具规模、绝不单一的“谍战王国”。其中，短篇小说《潜伏》获得了读者的广泛关注。因体量原因，龙一对这篇小说并没有寄托多么宏大的写作愿望，他只是想打破“谍战”小说的固有模式，赋予其新的视角与意义。这篇小说被优秀的编剧、导演姜伟打造成电视剧搬上荧屏，成为广受认可的佳作，剧中人物牵动了亿万观众的心，其影响力经久不衰。

在龙一此类题材的小说中，天津是一个核心的地理元素。旧天津深藏的岁月之谜，诱发了他的写作冲动。

龙一的小说聚焦的并非那些呼风唤雨的大英雄，而是有血有肉、有喜有忧的小人物，他们在革命中建立信仰，并为此殚精竭虑，勇于负重，死而后已。

在《潜伏》中，1945年年初，中共地下党余则成接受组织的任务，到国民党军统天津特务站潜伏待命。军统站站长要求他把夫人接来，党组织给他派来泼辣耿直的游击队女队长翠平。谍报工作的紧张刺激，与假戏真唱的“夫妻”磨合，穿插起来，彼此交融，构成了有着特殊悬疑效果的叙事场景，读来令人废寝忘食。这篇小说，最能体现龙一引而不发、外松内紧的叙述功力。

龙一认为，非正统的历史小说，可能更接近事实。对于隐秘而惊险的历史事件书写，他一向从容不迫，别有兴致，如果说《长征食谱》是对长征叙事举重若轻的大胆想象，《潜伏》《代号》则是对红色谍报题材小说的匠心探索。

“写小说对于我个人来讲，就是一种生活方式，对于社会来讲，我希望能给读者提供健康的阅读趣味。”龙一如是说。

龙一自称为“写小说的手艺人”，他对小说技术的迷恋，不局限于纸上谈兵，更喜欢享受置身其间的写作快意和涉艺乐趣。以前，他写过唐代历史小说，在写作前他先绘制出当时长安的宫殿和皇城，便于按图索骥。他写《长征食谱》，为让红军炊事员的形象真实可信，竟用“发熊掌”的方法煮皮鞋、皮带，亲口品尝其滋味。

龙一是个大器晚成的作家。他一直对古人日常生活中的衣食住行感兴趣，后来开始近代城市史研究，同时对中国革命史产生兴趣，这方面的资料，天津得天独厚。

同为天津作家的林希和肖克凡鼓励他把研究心得写成小说，他欣然接受，并由此打开了一片属于自己的题材领域。

武歆的长篇小说《天津爱情》，叙事的聚焦点不是正面战场，而是当年身处“敌占区”的革命青年的理想之途和情感心路。用武歆的话说，他在写作中“试图将‘红色爱情’陌生化”。

这部小说是武歆“红色爱情”系列作品之一（其他几部分别是《延安爱情》《北平爱情》《重庆爱情》），从抗战时期到2000年年初，小说的时间跨越了大半个世纪。小说中，主人公潘翔升是天津地下党组织的负责人，他布置地下党员陶淑媛与留美回国的王美生建立“恋人关系”，这是出于工作的需要。

王美生家庭背景特殊，是地下党组织争取的对象。他真心喜欢陶淑媛，但陶淑媛只是服从组织安排而例行公事，两人的关系始终没有实质性进展，就这样一直耗到中华人民共和国成立。和平年代，王美生因一些不明不白的“历史遗留问题”，后半生屡遭磨难，陶淑媛的日子也很不顺，之后他们重获“清明”，两位老人终于牵手成功。

武歆在《天津爱情》中设计了两个重要“道具”，寓意很深：书店和菜市场，所有故事都是在“道具”中发生的。其中，书店隐喻理想，菜市场象征俗世。无论世事如何变化，理想之光与俗世烟火始终不熄不灭。最终，两个革命者成为两位普通的老人，无官职，无地位，也不富有，却在风雨中相互搀扶，最终收获了美好爱情。

天津作家群对那段红色岁月的精彩描绘，使得文坛同行不得不对天津的“红色历史”另眼相待。

油画《天津解放·解放军攻占国民党天津警备司令部》（王书朋、何莉作品）

HOW TO READ TIANJIN

07 风景延伸 改革年代的文学

乔厂长上任记

蒋子龙

乔光朴开始动手了。

他首先把九千多名职工一下子推上了大考核、大评议的比赛场。通过考核评议，不管是干部还是工人，在业务上稀松二五眼的，出工不出力、出力不出汗的，占着茅坑不屙屎的，溜奸滑蹭的，全成了编余人员。留下的都一个萝卜顶一个坑，兵是精兵，将是强将。这样，整顿一个车间就上来一个车间，电机厂劳动生产率立刻提高了一大截。群众中那种懒洋洋、好坏不分的松松垮垮劲儿，一下子变成了有对比、有竞争的热烈紧张气氛。

工人们觉得乔光朴那双很有神采的眼睛里装满了经验，现在已经习惯于服从他，甚至他一开口就服从。因为大伙相信他，他的确一次也没有辜负大伙的信任。他说一不二，敢拍板也敢负责，许了愿必还。他说扩建幼儿园，一座别致的幼儿园小楼已经竣工。他说全面完成任务就实行物质奖励，八月份电机厂工人第一次拿到了奖金。黄玉辉小组提前十天完成任务，他写去一封表扬信，里面附了一百五十元钱。

斗转星移，风流云散，总会有太多的人与事悄然逝去，也总有一些成为值得人们刻骨铭心的碑石，没有被尘埃和草丛埋没，没有被逝水和记忆冲走，而屹立在岁月深处，熠熠生辉。

中国的 20 世纪 80 年代正是如此。一段时间来，“重返 80 年代”几成风尚，重返不是回归，而是重新审视和构造再现，学术层面则是一种价值重估，具体到“正史之余”的小说，便是用文学方式致敬历史。

进入新世纪以来，人们对 20 世纪 80 年代的追怀、反思和感恩，变得越来越强烈。

事实上，20 世纪 80 年代的前夜，中国社会变革大势已见征兆。

1979年夏季，蒋子龙的小说《乔厂长上任记》甫一亮相，即石破天惊，牵动了整个社会的神经。

凡是那些技术上有一套，生产上肯卖劲，总之是正儿八经的工人，都说乔光朴是再好没有的厂长了。可是被编余的人呢，却恨死了他。因为谁也没想到，乔光朴竟想起了那么一个“绝主意”——把编余的组成了一个服务大队。

谁找道路，谁就会发现道路。乔光朴泼辣大胆，勇于实践和另辟蹊径。他把厂里从农村招用来搞基建和运输的一千多长期“临时工”全部辞掉，代之以服务大队。他派得力的财务科长李干去当大队长，从辞掉临时工省下的钱里拿出一部分作为给服务大队的奖励。编余的人在经济收入上并没有减少，可是有一些小青年却认为栽了跟头，没脸见人。特别是八车间的“鬼怪式”车工杜兵，被编余后女朋友跟他散了伙，他对乔光朴真有动刀子的心了。

在这条道路上，乔光朴为自己树立的“仇敌”何止几个“杜兵”。一批被群众评下来成了“编余”的中层干部恼了。他们找到厂部，要求对厂长也进行考核。由于考核评判小组组长是童贞，怕他们两口子通气，还提出立刻就考。谁知乔光朴高兴得很，当即带着几个副厂长来到了大礼堂。一听说考厂长，下班的工人都来看新鲜，把大礼堂挤满了。任何人都可以提问题，从厂长的职责小说中，老干部乔光朴在经济百废待兴的困难关头，毛遂自荐，出山上任。小说塑造了一个在工业舞台上勇于担当的“陌生”形象。蒋子龙曾谈及，乔光朴这个人物，脱胎于结结实实的现实生活，“我综合研究了几位厂长的性格、特长和作风，最后确定了乔光朴的个性特征”。这篇小说敢为人先，启迪并激发人们思考，怎样冲破“新长征”路上的各种障碍。

《乔厂长上任记》引领了一个新的文学思潮，其在文学史上的意义，借用老一辈评论家阎纲先生的说法，“就我国工业题材小说创作而言，蒋子龙‘文起当代之衰’”。

蒋子龙祖籍河北沧州，在农村度过童年，少年时来津求学。他曾服过兵役，又在工厂基层摸爬滚打十几载。丰富而扎实的生活经历，是其日后充盈的写作资源。他身上兼有慷慨悲壮的燕赵血性与敢说敢为的军人作风，注定将成为一条在文坛翻江倒海的蛟龙。其小说气象雄奇峭拔，行文硬朗酣畅，笔墨中彰显一种纵横捭阖、虎啸龙吟的叙述到现代化工厂的管理，乔光朴滔滔不绝，始终没有被问住。倒是冀申完全被考垮了，甚至对工厂的一些基本常识都搞不清，当场就被工人们称为“编余厂长”。这下可把冀申气炸了，他虽然控制住在考场上没有发作出来，可是心里认为这一切全是乔光朴安排好了来捉弄他的。

当生产副厂长，冀申本来就不胜任，而他对这种助手的地位却又很不习惯，简直不能忍受乔光朴对他的发号施令，尤其是在车间里当着工人的面。现在，经过考核，嫉妒和怨恨使他真的站到了反对乔光朴的那些被编余的人一边，由助手变为敌手了。

天津经济技术开发区建设工地打进第一根定线桩（摄于1984年）

风格，从而领一时风骚，具有深远的影响力，成为“改革文学”的宗师和旗手。四十年后，在庆祝改革开放四十周年大会上，蒋子龙被党中央、国务院授予“改革先锋”称号，应是实至名归。

是蒋子龙选择了文学，还是文学选择了蒋子龙，难以分清。不过到了20世纪70年代末，这就成了双向选择，完全是一回事了。乔厂长立军令状的年代，中国正处在千疮百孔、举步维艰的困境中。焦躁、忧愤淤积在国人心头，怎样在积重难返中走向希望，已是刻不容缓的时代诉求。蒋子龙有着长期的工厂基层工作经历，“春江水暖鸭先知”，一拍即合，山呼海应，顺理成章。

蒋子龙的“改革文学”未止于“三板斧”，而是持续发力，响鼓重槌，相继发表《一个工厂秘书的日记》《拜年》《开拓者》《赤橙黄绿青蓝紫》等小说，连续六次高票获得全国中、短篇小说优秀奖，以“开拓者”系列开创了“改革文学”这一中国现当代文学支脉。

乔光朴决定不叫冀申负责生产了，调他去搞基建。搞基建的服务大队像个火药桶，冀申一去非爆炸不可。乔光朴没有从政治角度考虑，石敢替他想到了。可是，乔光朴不仅没有听从石敢的劝告，反而又出人意料地调上来郗望北顶替冀申。郗望北是憋着一股劲下到二车间的，正是这股劲头赢得了乔光朴的好感。谁干得好就让谁干，乔光朴毫不犹疑地跨过个人恩怨的障碍，使自己过去的冤家成了今天的助手。但是，正像石敢所预料的，冀申抓基建没有几天，服务大队里对乔光朴不满的那些人，开始活跃起来，甚至放出风，要把乔光朴再次打倒。

千奇百怪的矛盾，五花八门的问题，把乔光朴团团困在中间。他处理问题时拳打脚踢，这些矛盾回敬他时，也免不了会拳打脚踢。但眼下最使他焦心的并不是服务大队要把他打倒，而是明年的生产准备。明年他想把电机厂的产量数字搞到两百万千瓦，而电力部门并不欢迎他这个计划，倒满心希望能从国外多进口一些，还有燃料、材料、锻件的协作等都不落实。因此乔光朴决定亲自出马去打一场外交战。

节选自《蒋子龙文集·乔厂长上任记》，人民文学出版社，2013年中篇小说《开拓者》书写了更高层领导的改革决策，描摹了以车篷宽为代表的老干部和凤兆丽等有志青年，为企业的改制改革不断冲破阻力的艰难过程。从乔光朴到车篷宽，可以看到一条从“开拓者”到“思想者”的递进轨迹。

作家的创作格局摆脱了作坊般的狭小模式，突破了写一个中心事件或围绕一个生产过程展开矛盾的陈旧套路，与小说主题一样，在小说技术上也召唤着一种激荡时代潮音的陌生体验。

若说“改革文学”诞生至今，一路绿灯，鲜花伴行，肯定不是事实。时过境迁，多年之后，有一些学者在梳理新时期文学脉络和走向时，忽然对“改革文学”的异军突起发出微词，甚至有种观点认为，蒋子龙的“小说模式确实影响、扭曲和改变了‘伤痕文学’发展的方向，简化了理解历史的难度”，不排除持有此观点的学者对20世纪80年代的反思热忱是积极的、善意的，也不能说完全没有价值，但整体说来，失之简单化和绝对化。“改革文学”与“伤痕文学”不应是非此即彼的二元对立关系。“改革文学”的横空出世，是历史和时势的产物，绝非出于个人的心血来潮、一己意志，更不是凭借一篇小说就能左右文学史走向的。

蒋子龙

中国再无第二个地方，具备天津这样特殊的历史地位。我人生中的一大快事，是刚参加工作便一步跨进当时的头等大厂——天津重型机器厂。我至今记得刚进厂时的震惊，展现在眼前的是一个巨大的工业迷宫，如果单用两条腿，跑三天也转不过来。我在这个工厂里待了二十多年，工厂的历史和工厂的干部、工人，在我脑子里都是活的。

——蒋子龙

曾有一个阶段，小说家以标新立异为时尚，人人手忙脚乱，唯恐落伍，蒋子龙没有随之起舞。他与一波波的文学思潮或擦身而过，或敬而远之，风格稳定，气度从容。他关注时代脉搏、人间悲欢，远离吟风弄月，拒绝无病呻吟。他注重展示“干货”，拒绝以掺水的无感之作面世。当下作家千姿百态，有的在雾中游，有的在天上飘，蒋子龙的文字如坚韧的犁铧，贴着地面深耕细耘。

蒋子龙的小说，总是能被深刻的现实主义气象所笼罩，云蒸霞蔚，森然万端。沉浸其间，一种强大的文学气场扑面而来，那些律动着岁月潮汐和生命脉动的音响，来自蒋子龙的“文学频道”，其构思叙事、编排录制，从形式到内容，自成一家，别无分店。此“文学频道”发出的永远是“有感而发”的声音。蒋子龙通过自我扬弃、自如吐纳，展示出文学空间的各种可能性。

20世纪80年代，在最活跃的中国女作家群体中，可以发现天津作家航鹰的身影。1981年、1982年，航鹰两度在毫不知情的情况下接到通知赴京领奖，用她的话说，几乎是“蓬头垢面”地走上了全国小说奖的最高领奖台。

那个年代，作家获奖通常有两类状况，一类是少数专家追踪、关注的热点作家，一类是读者用票投出来的人气作家，航鹰自称为“民选作家”，并以此为荣。这个事实也决定了航鹰的独特存在价值，用时下热词，叫“接地气”。

航鹰最早的小说是1980年发表的《开市大吉》。当时，国家正驶入汹涌变革的航道，这篇小说散发着商业复苏带来的市井氛围，透露出鲜活而浓郁的津沽市民生活气息。在这个背景下，她致力于描写天津这座城市中的新人物、新风尚，纯真扑面，清新快意，是温暖而激情的百姓生活的写真。

获奖短篇《金鹿儿》的女主人公金鹿儿，在持正统观念的人眼中，注重打扮，激情外露，不够持重，热衷于文艺活动，但却是顾客投票选出来的“最满意的售货员”，小说重新界定和塑造出的先进模范人物，让人眼前一亮，由衷喜欢。

再度获奖的《明姑娘》是航鹰这一阶段青春阳光系列更具代表性的作品。小说的主角是两位普普通通的盲人青年，叶明明先天性失明，却乐观自强；赵灿刚是在读大学时突然失明的，经此打击，情绪极度低落。叶明明用自己的善良与聪慧，引导赵灿刚走出绝望。正当两人相知相爱，有望牵手之际，赵灿刚的眼睛复明了，生活的悬念由此生出。赵灿刚向叶明明求婚，叶明明内心很矛盾，她不愿意接受赵灿刚的感恩之举，更不希望他因为以前的承诺束缚未来的一切，应该尊重生活给出的答案。小说被搬上银幕，感动了无数观众。

曾经是“老三届”中学生的孙力、余小惠，在20世纪60年代末，随知青下乡的潮流，分别奔赴内蒙古和黑龙江生产建设兵团，奉献了火红青春。各自返城后，一同就读于天津师范学院中文系，并结为伉俪。20世纪80年代后期，所谓社会问题小说，已逐渐失去轰动效应，他们合作的长篇小说《都市风流》，一经出版即引起反响。

《都市风流》不惮于近距离地呈现社会改革真貌，以恢宏的布局和细腻的工笔，全景式地重塑了改革大潮下当代都市人的生态与心态。

这是具有新建设意义的重塑，其价值不仅在于改变同类小说那种以“破”为主，大力清算旧体制弊端的套路，更意在以“立”贯通全书，致力于改变实体性的现实，充满艰辛地创造未来。从“破”到“立”的过程，标志着一个时代的主流、人心及其作用下的文学创作，实现从“务虚”到“务实”的重大转向。

在中国文坛，能够得到茅盾文学奖的青睐，是许多实力派作家梦寐以求的。茅盾文学奖的含金量，是由长篇小说的文体特质和影响力决定的。长篇小说以其体量之巨、容量之大，历来被视为文学族群里的庞然大物、山中之王。迄今为止，《都市风流》是天津文坛中唯一摘得茅盾文学奖的作品，其意义不容低估。

从近代到20世纪80年代，天津与上海一北一南，双峰并峙，交相辉映，被称为中国工业兴起的发生地、动力源。

磨削工件的磨床，曾在天津电机厂使用过，产地天津

早在民国初年，天津在工商部注册资产达万元以上的企业就有数十家，其中面粉、纺织、化工业生产水平居全国前列。同时，天津的商贸产业一直名列前茅。至1937年，天津的贸易额已占全国贸易额的三分之一。这样的工业经济背景，也带动了天津其他行业的发展。天津在中国近代历史上拥有过很多“第一”，比如第一所大学、第一条电话线、第一个邮局、第一枚邮票、第一个近代造币厂等，若通通列出来，应是一长串使人自豪的文字。

在中国的社会主义建设体系中，工人一直担当主要角色。而工业文学，无疑是国家文学大厦的筑基部分。何谓工业文学？简言之，它弘扬的是工人精神，彰显的是工业力量。这意味着，无论作家采用什么样的叙事方式和文本架构，都应反映时代工业的鲜明走向，还要写出作为主体的工人群体的命运沉浮。

肖克凡，一直被认为是国内最重要的反映工业题材的小说家之一。这是有事实依据的。他十六岁进工厂学徒伊始，就进翻砂车间从事重体力劳作，先后在工厂基层工作八年，完成了从懵懂少年到文学青年的转变。他的写作起步不能算早，却有令人惊叹的高起点。

这之前，天津早期的工人作者大都来自农村，“角色”定位比较模糊。所谓“工人文学”，不过是“农业题材”的城市版。肖克凡很早就意识到这个问题，认为工业小说写作因袭前辈，没有出路。1987 年，他发表了第一部中篇小说《黑砂》，可用一鸣惊人形容。小说中，翻砂工人单调、艰苦的劳作被他描摹成另一番景象，大家苦中作乐，自寻笑点，用些小小“恶搞”缓解重体力劳动带来的压抑，并使之流传。肖克凡屏蔽当时很流行的政治术语，把这个苦累行当纳入另一种“圈子”话语体系，像是在讲一个又一个段子。比如“四大豁亮”“四大累”“四大舒坦”“四大财迷”系列歌谣，以及“姜得力笑话集”，小说的语言绘声绘色，有滋有味，其乐无穷，富有天津特色。如此这般，在日常话语被意识形态化的严肃年月，底层工人却自由自在地边劳作，边找乐，仿佛活在与世隔绝的“土著部落”。

这种乐悠悠的气氛，很快就成了肖克凡工业小说的某种青春遗响。

肖克凡一直视工厂为故乡，无论岁月如何变化，“故乡”在内心的位置都是不可替代的。

海河中游（程早摄）

20世纪80年代末到90年代初，市场经济的历史性转型，致使国有企业体制发生根本性变革。大批工厂或改制，或倒闭，工业题材小说也逐渐淡出文学话语中心，几乎沦为“弃儿”。这反而激起了肖克凡的叙事欲望和悲悯情怀，他的《最后一个工人》《最后一座工厂》等系列小说，展示了工厂的飘摇、工人的无助，里面飘出的人生旋律，有某种挽歌意味。

《最后一个工人》以工厂合资为时代背景，复活了作家许多个人化记忆。主人公周家林由铸工车间的工人转为合资车间的清洁工，迅速适应，自谋出路，妻子崔才花被遣散下岗，发挥腌制小菜的特长，制作的朝鲜小菜受到欢迎，并登上报纸，夫妻双双融入时代潮流之中。小舅子崔才焕作为常务副厂长，以务实的态度顶住压力，积极作为，不计个人得失，为厂里工人谋取工作的机会。小说真切地再现了国企工人转型期的时代命运，正应了那句励志之言：“前途是光明的，道路是曲折的。”小说被中央实验话剧院相中，改编为话剧《生逢其时》搬上舞台，也在情理之中。

有采访者问他，谁是最后一个工人？他的回答颇值得玩味，“处于社会转型期，我们都是‘最后一个’”。

近读肖克凡最新小说《工厂文学简报》，我意识到，他的那段工厂生涯和青春记忆，不仅成为毕生的文学资源，也奠定了他小说的叙事方向，面向未来，但抗拒遗忘。

很难用所谓“工业小说”框定肖克凡的写作。他不喜欢自我限定，画地为牢，认为题材的划分对作家没有意义，他比较接受的靠谱说法，应为“城市题材写作者”。事实的确如此，仅仅是工业题材书写，实在难以诠释肖克凡不断变换且丰富驳杂的小说全景。唯一不变的是肖克凡下沉的叙事视点，连接着万家灯火，与民生息息相关。

HOW TO READ TIANJIN

08 津津有味 永远的乡愁

团泊洼的秋天

郭小川

秋风像一把柔韧的梳子，梳理着静静的团泊洼；
秋光如同发亮的汗珠，飘飘扬扬地在平滩上挥洒。
高粱好似一队队的"红领巾"，悄悄地把周围的道路观察；
向日葵摇头微笑着，望不尽太阳起处的红色天涯。
矮小而年高的垂柳，用苍绿的叶子抚摸着快熟的庄稼；
密集的芦苇，细心地护卫着脚下偷偷开放的野花。
蝉声消退了，多嘴的麻雀已不在房顶上吱喳；
蛙声停息了，野性的独流减河也不再喧哗。
大雁即将南去，水上默默浮动着白净的野鸭；
秋凉在这里刚刚落脚，暑热还藏在好客的人家。
秋天的团泊洼啊，好像在香甜的梦中睡傻；
团泊洼的秋天啊，犹如少女一样羞羞答答。
团泊洼，团泊洼，你真是这样静静的吗？
全世界都在喧腾，哪里没有雷霆怒吼，风云变化！
…………

节选自《郭小川诗选》，人民文学出版社，2000 年行色匆匆的纸上津门巡礼，对于笔者而言，纵使力不胜任，却如沐春风，沉醉其间，身感暖意融融。就这样随性漫步下去，却发现，风景陪伴的一路，竟是走不出的乡愁。

“上帝创造了乡村，人类创造了城市。”18世纪的英国诗人柯珀如是说。如今的城市化进程正在快马加鞭，速度惊人。无论走到哪座城市，都能见到刚刚验收的巨厦长街，或正在建造的水泥森林。相同的模具，类似的造型，五光十色，繁华炫目，却与乡愁渐行渐远。

许多年来，我对团泊的所有想象，皆源于著名诗人郭小川的那首名诗——《团泊洼的秋天》。

我曾在某个秋日，循着诗人的咏叹踏足寻访，高粱、芦苇、野花触目可见，秋蝉声、麻雀声、蛙声不绝于耳。

团泊的春天

王 松

在这湖边，曾有一个传说。

很多年前，这里还是一片水洼子。水边住着一户人家，父女俩相依为命，以打鱼为生。父亲的手很巧，经常用水边的苇子做苇笛。每天父女俩驾着小船去洼里打鱼时，父亲就为女儿吹苇笛。父亲说，如果在雨天，洼里的鱼听到苇笛的声音，就会自己朝渔船游过来，而在晴天，苇笛的声音一响，就可以看到天上的亭台楼阁。女孩儿坚信父亲的话，每到下雨的时候，父女俩果然会有收获，但晴天时，她却从没看到过天上的楼阁。一天，父亲病了，可是父女俩总要吃饭，于是这女孩儿要独自去洼里打鱼。父亲不放心，说不行，你还太小。

女孩儿说，我不小了，可以自己去。

父亲还是不同意。洼里的水深，他担心女儿会出危险。

最后，这女孩儿还是一个人驾起小船，独自去了洼里。

这是一个晴天。女孩儿的运气很好，一上午打到一些鱼。洼里的鱼很肥，有鲤鱼、鲫鱼、我由此明白了，“团泊”这个地名，何以后缀“洼”字，这既是对地貌环境的定位，更是当地人生存状态的写照。

若干年后，也是一个秋季的日子，我徜徉在高楼林立、花团锦簇的新“团泊”，绿意扑面，满目奇迹，不禁有恍惚之感，继而生出“今夕何夕”的惊叹。新时代的“团泊”，已经不需要借助名人效应了。

团泊的变化与脱贫攻坚的力度有关。

脱贫攻坚是当下文学主题性写作的一个热点，见证一个曾经的农业大国，怎样奔向脱贫、振兴和生态环境建设的过程，作家有态度，作品有温度，可以说功德无量。

《团泊的春天》（王松、杨伯良合著）是一部反映团泊地区脱贫致富过程的报告文学作品，却没有直奔主题，也没有刻意强调其“报告性”“新闻性”，而是另辟蹊径、不落俗套，以王松特有的、惯常的、读者熟嘎鱼还有鲇鱼，但每天有父亲，父女俩驾船、撒网、收网，配合很好，今天只有女孩儿一个人，就忙得不可开交。到中午时，她实在太累了，就把渔船划到水洼深处的一个湾里，泊在一片芦草旁边，趴在小船上睡着了。这时，在暖暖的太阳下，女孩儿做了一个梦。她梦到这里的沼泽变成一片宽广的水面，天上有很多从没见过的鸟儿鸣叫着在飞，水边也开满了鲜花。更让她惊奇的是，远远看去，对面的岸上有一片片的高楼大厦，还有一些形状奇特的建筑。这些建筑她从没见过。于是，她驾起小船拼命地朝那个岸边划去。但划了很久，只能远远地看着，却怎么也划不到。后来她一急就醒了，睁开眼，才发现是一个梦……

后来有人说，这个传说中的女孩儿看到的，也许是海市蜃楼。

但不管怎样说，这片水面是真实存在的，这也就是我们前面说过的，今天的团泊湖。

我总在想一个问题，如果今天，诗人郭小川又回到这片“团泊洼”，他看到现在的团泊湖和湖边的一切，会做何感想呢？如果他又燃起诗人的激情，又会写出一首什么样的诗呢？我想，凭着他诗人特有的热情和激情，也许，悉的聊天方式，打开了一扇扇别有洞天的小窗子，滴水映日，见微知著。团泊过去是个贫穷、落后的洼地，属于费孝通所说的那种典型的乡土中国形态，新团泊从洼变湖，从穷变富，从丑小鸭变白天鹅，从乡村变城镇，仿佛一夜之间，其生存环境、生活方式、人文心理、伦理观念发生了全方位的改变，无不以乡愁为动力，令人百感交集。

一座城市的成长，就应该在清理岁月风尘的同时，让乡愁荡漾起来。九河下梢，五方杂处，南北交融，风土妖娆，人杰地灵，乡愁氤氲，这便是天津的底蕴所在。

即使少小别乡，故国万里，多年后，天津基因还会潜移默化，隐隐生发出微妙作用。文化是精神、物质的内在总和，也是文明的基础，还是某一区域人民日常生活的自觉遵从。

1892 年 11 月 3 日，被称为“民国第一会写一首《团泊的春天》。

今天的团泊湖，它的意义已经不仅是“团泊鸟类自然保护区”，也不仅是“湿地自然保护区”，毫不夸张地说，它也已经成为这一带的一张名片。

今天的团泊湖畔，确实已经开满鲜花。在湖的西岸，也确实有成片的高楼大厦如雨后春笋般矗立起来。这些高楼大厦的建造，是因为要建一座新城。

对，它就是“团泊新城”。

走在团泊新城西区的街头，阳光下，自然与都市相融的气息扑面而来，繁茂的树木和花草绽放出勃勃的生机，往远处望去，有萨马兰奇纪念馆、奥特莱斯购物广场、天津中医药大学、天津体育学院和二十多个体育场馆……也许，这些就是当年那个传说中的女孩儿在梦境里看到的那些形状奇特的建筑吧！但今天，她在梦境里看到的，都已成为现实了……

节选自《团泊的春天》，百花文艺出版社，2021年鬼才”的赵元任，落生于天津紫竹林。虽然他只在这座城市生活了八年，但口音里一直无法根除原生态般的某种“胎记”。1925年，赵元任执教清华大学，与梁启超、王国维、陈寅恪并称为清华四大导师，他是其中最年轻的，也是学术头衔最多的一位。赵元任教过物理学、数学、哲学、中国音乐史、中国语言学、汉语语法学、理论语言学、逻辑学等课程，其博学非常，冠之以数学家、语言学家、翻译家、哲学家、逻辑学家、音乐家等头衔，都不足以涵盖他的才华与成就。

1926年，赵元任将刘半农《教我如何不想她》一诗谱成歌曲，亲自演唱，流传很广，这首歌在很长一段时间里，成为他即兴献唱的“保留曲目”。这首歌的特别之处，在于其很浓的说唱风格，歌词第一句是“天上飘着些微云”，有朋友认为，曲子里“天”和“飘”的声调是低平，这是不对的，应该是高平，还有，每段的结束句“教我如何不想她”，“何”字音调上升，“她”字音调下落，也不成立。面对质疑，赵元任含笑解

王松

书在翻阅或研读的过程中，就算还没看到的部分，你也知道它的存在，总之，所有的内容都捧在手里，心里也就有数，只要一页一页地去读就是了。但天津这个城市不是，它更像地下岩层，只有钻探到不同的深度，才会发现不同的地质构造。没钻探到的地方，是无法臆想出来的。当然，这也恰恰是这个城市的魅力所在。

——王松

释说："我用的是天津话的声调。"看到对方不解，他更加明确地回答："因为我是天津人。"

天津人的口音，蕴含着浓浓乡愁。这种乡愁，不会随时光流逝而淡化，更不会消失。

爱默生认为，"最好的地方就是人们脚下的那片地方"。意识到我们共同的生命根脉就在脚下，一代代天津作家，总会在历史的接缝处，找到自己的位置，抖落过时的尘土，与时代的风尚融为一体。

天津是近代教育的发祥地之一，海河文苑的软实力更是享誉大江南北。民国时期，梨园行里流传着一句行话："北京学成天津走，上海赚包银。"旧日时光，一般戏曲演员被称为"戏子"，成名后则被尊称为"老板"。历来唱大戏的，都讲究在天津检验成色，只有经过天津观众的认可，才能成为"名角儿"。天津人迷戏也懂戏，眼刁耳尖，褒贬分明。

沽水汤汤，文脉源流。

天津海河两岸风光（程早摄）

“伶界大王”谭鑫培在天津起家，成名后去了北京。早年，四大须生之一的马连良，在天津唱《王佐断臂》，在台上不小心将“断”的左臂晃了一下，台下懂行的观众立即叫起倒好，马连良自觉羞愧，也不多言，谢罪走人。很多年后，马老板又来天津，好好唱了一出戏，赢得一片喝彩，算是找回了观众缘。

天津是曲艺发源的沃野，曲艺属于通俗文化范畴，但通俗不等于低俗。天津人的性格中，幽默有如基因，几乎与生俱来。运用于文学写作，便是一种纯纯的“津味”。对于一些作家，这种味道是从骨子里冒出来的，有如基因，也仿佛是非物质文化遗产，传承不息。

肖克凡成功地把“津味”引入了《黑砂》等小说，让似乎已经陈旧的“工业题材”小说翻出陌生感，将“津味”“肖味”彼此兼容，相映成趣，独具一格，别开生面。肖克凡的幽默是善意的、诗意的，体现在其小说世界里，这一份“津味”极具辨识度，它表现出的不仅是老天津人的性格符号，还是天津这座老工业城市的人文精神。《黑砂》及之后的《黑圈》《黑色部落》《黑字》等“黑色”系列小说，以谐趣的语言与残酷的现实形成冷峻的反差，盘活了生气渐无、前景暗淡的工业小说，使之不再冷却，重新获得温度和亮度，为工业小说写作带来鲜活的个性元素和陌生化的审美效应。“黑色”一度是肖克凡小说的文本基调，黑色的砂场有如与世隔绝的原始部落，但黑夜预示着黎明，朝向光明的变化是必然的。

王松的小说《烟火》，其起承转合的结构直接借用了某些曲艺形式，比如开篇“垫话儿”，接下来“入头”“肉里噱”“瓤子”“外插花”，最后是“正底”，皆为曲艺术语。小说《暖夏》，则更能感觉出王松的写作状态之佳，寓庄于谐，意趣清奇。王松喜欢相声，多次谈到“万相归春”的话题，相信世间万物进入小说叙事，皆可“入活儿”，这也是天津文化“杂色”“杂交”的独特优势。

冯骥才对民间艺术和地方风俗如数家珍，悟性过人，能以“跨界”姿态，穿梭于不同领域，绝非偶然。中国的城市化建设发展神速，冯骥才为之惊叹的同时，保护和拯救传统文化的人文情怀也被点燃。对于日新月异的天津城市面貌，冯骥才牵肠挂肚的是，怎样才能不使中国民间文化遗产从自己眼皮底下慢慢消失，化为历史的尘土。尽管冯骥才早已不再年轻，却不顾日渐老迈的身体，从天津出发，跋山涉水，亲临现场，积极投身民间文化遗产的抢救工程。他把对天津的拳拳之爱向全国无限扩展。他的奔走和努力效果显著，有目共睹，好评如潮。

对一座现代城市的审视和评估，除了看得见的外形景观，看不见的经济指标，一定还有其文化的软实力和影响力，只有如此，才会吸引有识之士在此安居乐业。

年近百岁的叶嘉莹先生，传承中华古典诗词八十余载，桃李遍布天下。其间，她设帐南开大学，传薪施教，勤奋著述，延续文脉，带给天津一片世所瞩目的人文风景。2016 年 3 月 21 日，华人盛典组委会公布，叶嘉莹获得 2015—2016 年度“影响世界华人大奖”终身成就奖。2021 年 2 月 17 日，叶嘉莹获得“感动中国 2020 年度人物”荣誉。当代红学大家冯其庸评价她：“叶先生是更贴近我们时代的一位大师，她的学术成就也确实赢得了崇高的世界声誉。”

1948年，二十四岁的叶嘉莹南下南京结婚，不久随丈夫迁居台湾，在那里度过了人生中极为艰辛的十八年。1966年，她赴美任教，1969年定居加拿大温哥华。1979年来津，在南开大学执教，或许只是临时计划，没想到的是，与天津这一结缘，从青丝中年到银发耄耋，竟长达四十载岁月。听过她讲座的人不计其数，其中包括不少名流大家。蒋子龙回忆，他曾专程去南开大学“蹭课”，一下子惊呆，事后他还对朋友自我调侃，当时感觉自己像是个“文盲”。

2018年，叶嘉莹变卖了京津两处房产，把毕生积蓄近三千六百万元捐赠给南开大学，用作教育基金。为此，中央广播电视总台的记者做了专访，不过，在叶嘉莹看来，对话过程并不愉快。

记者问：“您当时捐这笔钱，想到大家伙儿会这么关注吗？”

叶嘉莹回答："我本来也没有要他们公布，捐了就捐了。"

记者追问："周围舆论对这事儿这么关注，您怎么看？"

叶嘉莹无奈道："我觉得这些人很无聊，这些人眼里只有钱。"说着，她看了看一沓自己辛苦准备的学术材料，对记者直言说："我本来想和你聊学问的，看来你不感兴趣。"

那个场面，令人敬重且动容。在叶嘉莹的价值天平上，无论捐赠多少真金白银，就连生活中的小小插曲都算不上。

叶嘉莹曾以诗记述这种缘分的由来与归宿，"为有荷花唤我来""托身从此永无乖"。她表示，"我将长久以此为家而不再远离"。她把最温婉的乡愁留在了这里。

她的世界澄净无尘，除了诗词还是诗词。这也更坚定了她与天津、与南开相守永恒的承诺。

形形色色的文学乡愁，就这样弥散开来，在沽水中波光粼粼，长流不息。这也给了作家热爱天津、融于天津、筑梦天津的理由、自信与动力，并心怀感恩，解码天津的前世今生，不断奉献诗意且厚重的城市叙事读本。

“天津之眼”摩天轮（程早摄）

阅读天津·津渡

后记

1404年12月23日，天津筑城设卫，是中国古代唯一拥有确切建城时间的城市。2022年，她即将迎来618岁生日。

孟夏时节，风暖蝉鸣，我们一众出版人齐聚一堂，筹划出版“阅读天津”系列口袋书，旨在贯彻新发展理念，挖掘地域文化，突出趣味性、故事性、通俗性，以“小切口”讲好天津故事，反映新时代人民心声，为城市献上一份贺礼。大家各抒己见，同一座城市却有着不同的关键词：海河岸广厦高耸，滨江道游人如织，这是一座“繁华”的城；古运河舟楫千里，天津港通达天下，这是一座“开放”的城；老城厢幽静雅致，五大道异域风情，这是一座“包容”的城；相声茶馆满堂彩，天津方言妙趣生，这是一座“幽默”的城……

倘若一座城市内部千篇一律，必然乏善可陈。不同的关键词，恰好表明天津城市图景具有多样性和丰富性，蕴藏着广阔而灵动的书写空间。然而，究竟从何处下笔为好？

我们又陡觉茫然。

著名作家冯骥才先生曾说："评说一个地方，最好的位置是站在门槛上，一只脚踏在里边，一只脚踏在外边。倘若两只脚都在外边，隔着墙说三道四，难免信口胡说；倘若两只脚都在里边，往往身陷其中，既不能看到全貌，也不能道出个中的要害。"

想来颇有道理，大家要么是土生土长的老天津人，要么是迁居多年的新天津人，早已"身陷其中"，真有必要迈出门槛，重新"远观"这座熟悉的城市。远观之远，非空间之远，乃心理之远。于是，我们计划佯装游客，尽量卸下自诩熟稔的"土著"心态，跟随熙熙攘攘的旅人，再次探寻天津。

漫步五大道，各式各样的洋楼连墙接栋，百年前多少雅士名流、政要富贾寓居于此。骑行海河畔，一座座桥梁飞架两岸，一桥一景，风格各异。游逛古文化街，泥人张、风筝魏、崩豆张等天津特产琳琅满目，坐落街心的天后宫庄严肃穆，漕运兴盛时水工船夫在此会聚求安。徐步杨柳青，古镇曾经"家家会点染，户户善丹青"，年画随运河水波，销往各地。落座津菜馆，罾蹦鲤鱼、煎烹大虾、清蒸梭子蟹、八珍豆腐，"当当吃海货，不算不会过"道出天津人对河鲜海味的偏爱。驱车观海滨，天津港货船繁忙，东疆湾海风拂面，大沽口炮台遗址见证了中华民族抵御外辱的不屈意志，被称为"海上故宫"的国家海洋博物馆收藏着无穷的海洋奥秘……

数日游走，一行人深感佯装游客也是一件力气活儿，哪怕再花上三五天也游不完这座城。旅途的尾声，我们选择登上"天津之眼"摩天轮，将大半座城市的繁华尽收眼底。座舱缓缓升至最高处，眼前的三岔河口正是海河的起点，所谓“众流归海下津门”，极目远眺间，心中豁然开朗！“举一纲而万目张，解一卷而众篇明”，近在眼前的海河不正是那“一纲”“一卷”吗？上吞九水、中连百沽、下抵渤海，我们数日以来的足迹，似乎从未远离过海河！

从地图上看，海河水系犹如一柄巨大的蒲扇铺展在大地上，其实她更像是这座城市庞大而有力的根系，将海河儿女紧紧凝聚——城市依河而建，百姓依河而聚，文化依河而生，经济依河而兴。

经过反复讨论，我们决定推出“阅读天津”系列口袋书第一辑“津渡”，以海河为线索，串联起天津的古与今、景与情，讲述海河历史之久、两岸建筑之美、跨河桥梁之精、流域物产之丰、沽上文学之思……

众人拾柴火焰高。在出版过程中，感谢中共天津市委宣传部的谋划和指导，践行守护城市文脉的责任担当，鼓励我们打造津版好书；感谢冯骥才、罗澍伟、谭汝为、王振良先生，为我们指点迷津，完善策划方案；感谢“津渡”的每一位作者、插画师、摄影师、设计师，付梓之时，更觉诸位良工苦心。

最后，感谢抚书翻看至此的读者！甲骨文的“津”，字形像一人持篙撑舟，我们也期望“津渡”犹如一叶扁舟，载着读者顺水而下，遍览一部流动的城市史诗！

“阅读天津”系列口袋书出版项目组
2022 年 9 月